クリスマスサウルス

THE CHRISTMASAURUS

トム・フレッチャー
橋本恵＝訳

静山社

クリスマスサウルス

First published as First published as THE CHRISTMASAURUS by Puffin, an
imprint of Penguin Random House Children's Publishers UK
Japanese translation published by arrangement with Random House Children's
Publishers UK, a division of The Random House Group Limited

ぼくのかわいいエルフ、バズとバディへ

メリークリスマス

目次

この物語に登場《とうじょう》するのは……

恐竜《きょうりゅう》が大好きな男の子**ウィリアム・トランドル**と
お父さんの**ボブ・トランドル**

いじわるな**ブレンダ・ペイン**という女の子

北極《ほっきょく》にいる太っちょの**サンタ**と
たくさんの小さな**エルフ**たち

ハンターと呼《よ》ばれる邪悪《じゃあく》な男と
その忠犬《ちゅうけん》**グロウラー**

そして、
凍《こお》った卵《たまご》から生まれた恐竜《きょうりゅう》**クリスマスサウルス！**

プロローグ　恐竜《きょうりゅう》の最期《さいご》

この話は、ふつうのおとぎ話のように、「昔むかし」から始まる。ただし、ふつうの昔じゃない。昔も昔、数千万年も前の話だ。

みんなのおじいちゃんやおばあちゃんが生まれる、はるか前。地球に人類など存在《そんざい》しなかった時代。車も飛行機もインターネットもない時代の地球には、はるかにすてきな生物がいた。

そう、恐竜《きょうりゅう》だ！

恐竜《きょうりゅう》は、地球史上、最高の生き物だ。大昔の地球には、形も大きさもまちまちの恐竜《きょうりゅう》がひしめいていた。たとえば、犬や猫《ねこ》サイズのミニ恐竜《きょうりゅう》。トゲのような骨《ほね》が背中《せなか》に生えた恐竜《きょうりゅう》。二階建てバス五台分より体が長く、木の幹《みき》より首が太く、トラクターのタイヤのように皮膚《ひふ》が硬《かた》い、特大サイズのセイスモサウルスという恐竜《きょうりゅう》もいた。

そんなバカな、と思うかもしれないけれど、まちがいなく本当だ。なぜって、この本はそういうお話だから。

さて、二匹《ひき》の特別な恐竜《きょうりゅう》を紹介《しょうかい》しよう。名前は、ママサウルスとパパロドクス（もちろん、本当の名前じゃない。そんな名前の恐竜《きょうりゅう》がいたら、それこそまさに〝そんなバカな〟だ）。

ママサウルスとパパロドクスは、一日中、先史時代のとてつもなく暑い日差しを浴びつづけ、ようやく巣にもどってきた。だが二匹《ひき》を待っていたのは、いつものきちんとした巣ではなく、おぞましい石と骨《ほね》と泥《どろ》の山だった。獲物《えもの》を殺して肉を食らう、邪悪《じゃあく》な恐竜《きょうりゅう》たちの仕業《しわざ》にちがいない。そいつらが、愛しい巣を食いあらしたのだ。

けれどママサウルスもパパロドクスも、気がかりなのは巣ではなかった。巣には、なにより大切な宝物《たからもの》が十二個《こ》あったのだ。その宝物《たからもの》の卵《たまご》が、ひとつもない！

ママサウルスもパパロドクスも打ちのめされ、変わり果てた巣を前に立ちつくし、えんえんとむせび泣いた。

やがて日が落ち、ジャングルの上に月が浮《う》かび、満天の星空がひろがった。夜、巨木《きょぼく》の間を風が吹《ふ》きぬけ、きらめく銀色の月光が一筋《ひとすじ》、巣の残がいへとのびていく。

ふと、パパロドクスの目が、なにかをとらえた。骨《ほね》と泥《どろ》の山の下から、なめらかで、つややかなものが、月の光を反射《はんしゃ》している。すばやくがれきをどけていくと、きらめく月光の中に、傷《きず》ひとつない卵《たまご》が浮《う》かびあがった。

たったひとつ、愛《いと》しい卵《たまご》が残っていた！

なぜ、ひとつだけ、獰猛《どうもう》な恐竜《きょうりゅう》たちの攻撃《こうげき》をまぬがれたのか？　恐竜《きょうりゅう》たちが腹《はら》いっぱいになったから？　ほかの卵《たまご》がたたき割《わ》られ、つぶされる間に、たまたま、見えない場所に転がったから？

　理由はともかく、ママサウルスとパパロドクスには、卵《たまご》がひとつ残ったことがすべてだった。卵《たまご》の中で丸まっている赤ちゃん恐竜《きょうりゅう》は、かけがえのない宝物《たからもの》だ。この卵《たまご》だけは、二度と危険《きけん》にさらすものか！

　しかし、危険《きけん》はせまりつつあった。しかもそれは、世界を永遠《えいえん》に変えてしまうレベルの危険《きけん》だった。**天文学的にも、銀河系《ぎんがけい》的にも、宇宙《うちゅう》的にも、とてつもなく重大な危険《きけん》だ。**

　破壊《はかい》された巣を包む真珠《しんじゅ》のような月光が、ふいに黄色くなった。それがオレンジ色になり、さらに炎《ほのお》のように真っ赤になる。ママサウルスとパパロドクスは、信じられない思いで空をあ見あげた。まるで月が燃《も》えているようだ。

　瞬《またた》く間《ま》に、熱い岩と流れ星の派手《はで》な花火ショーが、空全体でくりひろげられた。ただし、流れ星がすっと空をよぎる、おなじみの天体ショーではない。そもそもこの花火は、すっと流れたりしない。焦熱《しょうねつ》の雷《かみなり》のごとく、猛《もう》スピードでつぎつぎと落下して、地表でバーンとはじけ、数千もの火の玉を散らすのだ。

ジャングルは、大混乱《こんらん》におちいった。バス五台分の巨大恐竜《きょだいきょうりゅう》は燃《も》えさかる木々を踏《ふ》みたおし、ミニ恐竜《きょうりゅう》はたおされて、つぶされた。夜空は真昼より明るく、月は真昼の太陽より熱い。

それでも、ママサウルスとパパロドクスは、卵《たまご》のことしか頭になかった。大切な卵《たまご》を守らねば。なにがなんでも、安全な場所にうつさねば！

そこで、ママサウルスとパパロドクスは走った。最後の卵《たまご》を抱《だ》きかかえ、暴走《ぼうそう》する恐竜《きょうりゅう》の群《む》れと合流し、恐竜《きょうりゅう》の短い足で懸命《けんめい》に、死に物ぐるいで走りに走った。けれど、いくら速く、いくら遠くまで走っても、逃《のが》れられそうにない。それもそのはず、空からはだれも逃《のが》れられない。

ママサウルスとパパロドクスは、恐竜《きょうりゅう》の大集団《しゅうだん》にのみこまれ、もみくちゃにされても、必死に耐《た》えてがんばった。それでもついに、限界《げんかい》がきて――。

卵《たまご》はするりと、地面に落ちた。

そして、即座《そくざ》に踏《ふ》みつぶされた――と思いきや、なんと、そうはならなかった。

積もった落ち葉の上に落ちた卵《たまご》は、大集団《しゅうだん》の中を転がって、さんざん蹴《け》られ、たたかれたのに、割《わ》れなかった。

ディプロドクスの巨大《きょだい》な脚《あし》の間でバウンドし、ドスドスと走るステゴサウルスの足の下を通過《つうか》して、何度踏《ふ》まれそうになっても、なぜか割《わ》れなかった。懸命《けんめい》に追うママサウルスとパパロドクスを尻目《しりめ》に、卵《たまご》は自分の意思で動くみたいに、岩棚《いわだな》から木々の上へ落ち、ぬかるんだ斜面《しゃめん》をすべり落ち、どんどん、どんどん、転がっていく。

もしママサウルスとパパロドクスが卵《たまご》さがしに躍起《やっき》にならず、上空を見ていたら、心臓《しんぞう》がとまりかねない、おぞましい光景を目にしただろう。なんと、空は真《ま》っ赤《か》に染《そ》まっていた。さっき見た燃《も》えるような月は、じつは地球へと飛んできた、とてつもなく巨大《きょだい》な隕石《いんせき》だったのだ。宇宙《うちゅう》のかなたから飛来した隕石《いんせき》は、まさにいま、地球に激突《げきとつ》し、あらゆる恐竜《きょうりゅう》を絶滅《ぜつめつ》させようとしていた。

その隕石《いんせき》が地球に衝突《しょうとつ》する寸前《すんぜん》、卵《たまご》は、荒《あ》れくるう大海原に面した断崖絶壁《だんがいぜっぺき》へと転がっていき、崖《がけ》っぷちから静かに落ちた。

ママサウルスとパパロドクスは、最後の卵《たまご》が見えなくなるのを、なすすべもなく見つめるしかなかった。愛《いと》しい赤ちゃん恐竜《きょうりゅう》は、とうとう、手のとどかないところへ消えてしまった――。

卵《たまご》は、断崖《だんがい》の岩肌《いわはだ》すれすれを、ぶつかることなく落ちていった。おそろしく運がいい、奇跡《きせき》の卵だ。そのまま、湖に落ちる小石のように海にポチャンと落ちると、燃《も》えさかる地上をよそに、暗い海の奥《おく》へとしずんでいって、やわらかい海底でとまった。

いっぽう地表では、火の玉がようしゃなくふりそそぎ、恐竜《きょうりゅう》たちは絶滅《ぜつめつ》へと追いやられていった。

絶滅《ぜつめつ》しなかったのは、たった一匹《ぴき》。卵《たまご》の中の恐竜《きょうりゅう》のみだ。

卵《たまご》が海底で眠《ねむ》っている間、地球はなおも燃《も》えさかり、やがて氷におおわれて、数千年間もの氷河期《ひょうがき》へと突入《とつにゅう》した。

その間も、恐竜《きょうりゅう》の卵《たまご》は海の底で凍《こお》ったまま、発見される日を待っていた——。

第1章　ウィリアム・トランドル

さて、ウィリアム・トランドルをご紹介《しょうかい》しよう。

ウィリアムの特徴《とくちょう》は、恐竜《きょうりゅう》が大好きなこと。いや、大好きどころか、愛している。あまりに熱烈《ねつれつ》に愛しているので、もう一回、いっておこう。

ウィリアムは、恐竜《きょうりゅう》の大、大、大ファンだ！

ウィリアムは、恐竜《きょうりゅう》のパジャマを持っていた。恐竜《きょうりゅう》のくつ下、恐竜《きょうりゅう》のパンツ、恐竜《きょうりゅう》の形をした歯ブラシ、恐竜《きょうりゅう》の壁紙《かべがみ》、恐竜《きょうりゅう》のポスターを二枚《まい》、恐竜《きょうりゅう》の形をしたランプの傘《かさ》もあるし、恐竜《きょうりゅう》のおもちゃはバックに入りきらないくらいある。恐竜《きょうりゅう》のおもちゃ集めに、きりはない。

ウィリアムは、にぎやかな都市の郊外《こうがい》の、そこそこにぎやかな町のはずれにある、おんぼろのせまい家に住んでいた。けれど、家がせまく感じることはない。なにせ、家族はふたりきり。

お父さんのボブ・トランドルとの、ふたりぐらしだからだ。

なぜ、お母さんがいないのか？　もちろん昔はお母さんがいたのだが、ウィリアムが幼《おさな》いころに亡《な》くなってしまったので、ウィリアムにはお父さんとの記憶《きおく》しかない。

ウィリアムは、恐竜《きょうりゅう》と同じくらい、**クリスマス**も大好きだ。けれどクリスマス好きという点では、お父さんの足元にもおよばない。

ウィリアムのお父さんのボブは、クリスマスを熱烈《ねつれつ》に愛するあまり、毎年クリスマスがすぎると、一週間ほど泣きじゃくる。クリスマスにこだわるあまり、なんと一月の末まで泣きつづけることもある。しかもタンスに自分専用《せんよう》のクリスマスツリーをかくしているという、筋金《すじがね》入りの大ファンだ。そのクリスマスツリーはつねに飾《かざ》りつけがしてあって、タンスをあけるたびにピカピカと光る。ボブは毎朝、着がえるとき、このクリスマスツリーをながめては、心の中でつぶやいていた――「クリスマスが遠ざかるたびに、次のクリスマスが近づいてくる」。そういいきかせることで、一年間を乗りきっているのだった。

今朝《けさ》のボブは、かなり上機嫌《じょうきげん》だった。なぜなら、十二月に入ったからだ。

「そろそろ学校の準備《じゅんび》をしないとな、ウィリー坊《ぼう》や」

ボブはキッチンで熱々《あつあつ》のパンケーキ二枚《まい》にバターをぬりながら、ウィリアムに声をかけた

（パンケーキは、ボブのお気に入りの朝食だ）。

ウィリアムは、ボブのふざけたあだ名にあきれ顔をした——まったく、なにがウィリー坊《ぼう》やだよ！

「父さん、いいかげん、そのあだ名はやめてよ。もう、七歳《さい》九カ月なんだから。はずかしいよ」

ウィリアムは通学カバンに教科書をぎっしりつめながら、声をはりあげた。

「おや、決めたはずだぞ。学校でなければ、ウィリーでもウィリー坊《ぼう》やでもかまわないって。約束は約束、ルールはルールだ、ウィリー坊《ぼう》や」ウィリアムの寝室《しんしつ》に入りながら、ボブは軽口をたたいた。「よーし、いよいよ、十二月だ」と、うれしそうにウィリアムの机《つくえ》に朝食のトレイを乗せる。そして、皿のとなりの細長い物のほうへ、わくわくしながらあごをしゃくった。

つられて見たウィリアムの目に、チョコレートのつまったアドベントカレンダーが飛びこんできた。アドベントカレンダーというのは、クリスマスまでカウントダウンできるカレンダーで、一日ごとに扉《とびら》をあけると、お菓子《かし》の入った小箱があらわれる。

「うわあ、父さん、ありがとう！　父さんのカレンダーはどこ？」

毎年、ウィリアムとボブ、それぞれのアドベントカレンダーを用意して、毎朝、登校前にいっしょに扉《とびら》をあけるのが、トランドル家のしきたりだった。
ウィリアムは、ボブの顔がさっとくもった気がした。だが次の瞬間《しゅんかん》には、笑みがもどってい
た。
「今年《ことし》はふたりでひとつのカレンダーというのも、おもしろいかと思ってな」と、ボブ。
最近はお金が足りないせいで、〝ふたりでひとつ〟のことが多い。けれど、ウィリアムは気
にしなかった。
「うん、そっか。じゃあ、ぼくが扉《とびら》をあけるから、最初のチョコレートは父さんが食べて」
「いやいや、父さんが扉《とびら》をあけるから、最初のチョコレートはおまえがお食べ」
「うわあ、父さん、ありがとう」ウィリアムは、にこやかに笑った。じつはそういってくれる
のを、ひそかに待っていたのだ。
「はい、チーズ」ボブは、親子ふたりの写真をすばやくとった。「今年《ことし》のクリスマスカードの
写真は、これで決まりだな」と、うれしそうに写真をながめている。
十二月一日にクリスマスカード用の写真をとるのも、トランドル家のしきたりだった。毎年、
遠い親戚《しんせき》にあてて、大量のクリスマスカードを送っている。たとえば、ワイト島にいるキムお
ばさん。魔女《まじょ》そっくりのジョーンおばあちゃん。いとこのリリーとジョー。ジュリーおばさん。

またいとこのサム。H・トランドルおじさん。ひいおじいちゃんのケン――。その半分は、ウィリアムが一度も会ったことのない人たちだった。

「ところで、ウィリー、今年《ことし》はサンタになにをお願いするか、もう考えたかい？　もうすぐ、サンタに手紙を書かなきゃならないぞ」アドベントカレンダーの最初の扉《とびら》をあけながら、ボブはウィリアムにたずねた。

ウィリアムは雪だるまの形をしたミニチョコレートをつまんだが、急に食欲《しょくよく》がなくなった。

「ん？　どうしたんだい？」

「あのね……じつはね……今年《ことし》のお願いは、かなえてもらえないと思うんだ」ウィリアムは、壁《かべ》に貼《は》られた恐竜《きょうりゅう》ポスターをうらやましそうにながめながらいった。「だってさ、本物の恐竜《きょうりゅう》なんて、エルフたちには作れないよね」

「作るだと？」ボブは、物知り顔でお茶を一口すすった。「エルフたちは、いっさい、なにも作らないぞ」

ウィリアムは、きょとんとした。

「えっ、サンタのエルフたちが、北極でプレゼントを作るんじゃないの？」

「おいおい」ボブはお茶をふきだした。「いいかい、ウィリー、そんなのは、ちゃんちゃらおかしい、わけのわからん、ただのたわごとだ。だれに聞いたか知らないが、そいつは、とんでもない、ぼんくらだ。プレゼントを作るだと？　ハッ！　エルフが本当はなにをするか、教えてやろうか？」がぜん、目を輝《かがや》かせている。

「うわあ、父さん、教えてよ」

ウィリアムははしゃいだ声をあげ、くつろいだ姿勢《しせい》をとった。ボブの話は、昔から大好きだった。なにせボブは話がうまい。とくに大、大、大好きなクリスマスの話は、大の得意だ。サンタ、エルフ、北極について、ボブが知らないことはない。子どものころからずっとクリスマスを愛してきたボブは、毎年、だれよりも早く、クリスマスを祝っている。なんと七月にクリスマスツリーを飾《かざ》った年もある。このときはさすがに近所のひんしゅくを買ったけれど、ウィリアムは楽しかった。

「まずはだな、エルフの手は小さすぎて、まともなおもちゃは作れない。しかも、指は三本しかない」

「えっ、三本？　それだけ？」三本だけって、どんな感じ？　ウィリアムは自分の指を動かしながら、想像《そうぞう》してみた。「エルフって、どのくらい小さいの？」

「とっても小さいぞ。双眼鏡《そうがんきょう》で人間を見るようなものだ……逆《さか》さのレンズに目を当てて、だぞ」

「へーえ、そうなんだ」双眼鏡《そうがんきょう》を逆《さか》さにのぞくと物が小さく見えるのを、ウィリアムは知っていた。

「ああ、エルフには、おもちゃなどとても作れない。北極でエルフが得意な仕事は、ふたつのみ。植える作業と、掘《ほ》る作業だ。じゃあ、仕組みを一から説明してやろう。まず、サンタは世界中の子どもたちから手紙をもらう。ウィリー、おまえと同じように、クリスマスプレゼントをおねだりする手紙だな。するとサンタは、暖炉《だんろ》のそばのロッキングチェアに座《すわ》って、すべての手紙を読みあげる。いいか、ウィリー、声をだして読むんだ」

ウィリアムは、夢中《むちゅう》でうなずいた。

「よーし、ウィリー、ここからが本題だ。サンタが手紙を読む部屋《へや》には、とても古くて、すごくねじれた、一本の魔法《まほう》のクリスマスツリーがある。ぱっと見は、鉢《はち》に植えられた枯《か》れ木《き》だ。ところがどっこい、これがとんでもなく貴重《きちょう》な木でな。世界最古、人類初のクリスマスツリーなんだ。しかも、まだ生きている。そのクリスマスツリーが、サンタの読みあげる手紙を聞くわけだ」

「ええっ、木が聞くの？　ほんとに？」あまりに突拍子《とっぴょうし》もない展開《てんかい》に、ウィリアムは思わず首をかしげた。

「あーあ、そうだ。木というものはおしなべて、聞く力を持っている。なぜ木はいつも、あんなに静かにしていると思う？　もちろん、音を聞いているからさ」ボブは、みょうに説得力のある答えを口にした。「でだな、魔法《まほう》のクリスマスツリーは、サンタが読みあげる手紙を聞きながら、豆入りの風変りな莢《さや》をたくさんつけるんだ」

「豆入りの莢《さや》って……どういうこと？」

「いいか、ウィリー、魔法《まほう》のクリスマスツリーが莢《さや》をつけると、サンタはそれを全部つみとって、植える係のエルフたちにわたす。植える係のエルフたちは、豆がポンと飛びだすまで、莢《さや》をゆでる。この豆は、赤と白の渦巻《うずま》き模様《もよう》がついた、そりゃあ大きい豆でな。食べたら、あまりのおいしさに、目玉に虹《にじ》がかかって、顔から飛びだしちまう。だから、なにがあっても、ぜったい食べちゃだめだからな」

ウィリアムは、うんうん、とうなずいて、心に刻《きざ》んだ――クリスマスツリーの豆は、ぜったい食べちゃダメ！

「そのあと、エルフたちは豆を雪原に運んで、冷たい粉雪の奥深《おくふか》くに植えるんだ。植えおわると、残りのエルフも集まって、全員で、ある合図を待つ。で、待っている間に、ある歌を歌うんだ」

ボブは咳《せき》ばらいをすると、エルフの声をまねて、ものすごく変わった歌を歌いはじめた。

みんなで合図を待っている
とにかく時間がかかるんだ
お豆よ、急げ、急いでおくれ
寒い外には、いたくない

体がつららになっちまう
例の合図はどこにある？
お豆よ、急げ、急いでくれよ
始まっちゃうよ、クリスマス

「へーえ……エルフって、本当に、そんな歌を歌うの？」

「ああ、毎年、歌うぞ。で、その時が来ると、空一面に華麗《かれい》な色が舞《ま》いおどる」

「えっ、それって、オーロラ？」ウィリアムは思わずさけんだ。「ぼく、前にテレビで見たよ！」

「ああ、そうだ。美しいオーロラこそ、待ちに待った合図ってわけだ。ここからは、掘《ほ》る係のエルフの出番だな」

「掘《ほ》る係のエルフたちは、なにをするの？」

「よーし、教えてやろう」ボブは上機嫌《じょうきげん》でいった。「掘《ほ》る係のエルフたちは、せっせせっせと雪原を掘《ほ》って、雪の下の氷床《ひょうしょう》も掘《ほ》る。氷床《ひょうしょう》はな、わが家くらいの厚《あつ》みがあって、ガラスのように透明《とうめい》なんだ。ただし掘《ほ》りだすのは、ダイヤモンドや金塊《きんかい》じゃないぞ。おもちゃだ、おもちゃ！　豆は雪の中で魔法《まほう》を使い、曲がりくねった太い根を氷床《ひょうしょう》の中にのばしていく。なんとこの根に、おもちゃが巻《ま》きつく。世界中の子どもたちがおねだりしたおもちゃが、すべて巻《ま》きつくんだ。つまりだな、サンタが読みあげる手紙をクリスマスツリーが聞いて、豆を作り、その豆が氷の中でおもちゃを育てるわけだ」

「うわあ、ビックリ！」

「ああ、ウィリー、本当にビックリだな。これで、エルフが本当はなにをするか、わかったな」

さあ、読者のみんなも、エルフが本当はなにをするか、わかったよね（まちがいなく本当だよ。なぜって、この本はそういうお話だから）。

第2章　凍《こお》った卵《たまご》

ウィリアムのせまい家から遠く離《はな》れた北極では、ふわふわの巨大《きょだい》な雲が雪を降《ふ》らせていた。その雪は、とてつもなく厚《あつ》かった。舌《した》をのばして受けとめたら、ひとひらの雪で満腹《まんぷく》になり、夕食を食べられなくなるくらい、分厚《ぶあつ》かった。

もちろん、ふつうの雪ではない。なにせ、ここは北極だ。ふつうのものなど、なにもない。

雪は地響《じひび》きを立てて大地に落ちる。その音は、音楽隊のドラムのように、周囲の山々にこだまする――**ドン！　ドン！　ドン！**

けれど、音はそれだけじゃない。注意ぶかく耳をすませば、地響《じひび》きにあわせた合唱が、地下深くから聞こえてくる。合唱の主《ぬし》はエルフたち。ボブがウィリアムに語ってきかせた、あの北極のエルフたちだ。

エルフたちは、掘《ほ》るときの歌を歌っていた。

せっせ、せっせ、せっせと掘《ほ》るぞ
せっせ、せっせと、さあ掘《ほ》ろう
ダイヤを掘《ほ》りだすドワーフたちは
ハイホー、ハイホーと歌ってる
空高く飛ぶフェアリーたちは
ハロー、ハローとごあいさつ
けれどおれたちゃ、ちがうんだ
おれたちゃ、サンタのエルフだぞ
なんで雪などかきわけて
せっせ、せっせと掘《ほ》ってるか？
ゲームとおもちゃを掘《ほ》りだすためさ
あまりの寒さに手がかじかんで
足まで指がかじかむけれど

せっせ、せっせと掘《ほ》りすすめ

北極のエルフたちは、しょっちゅう、こういう歌を作っている。そもそもふだんから、ふつうに話すことはなく、ラップ風にリズミカルにしゃべる。たとえば、オレンジジュースを飲みたいときは、「オレンジジュースを一杯《いっぱい》、もらえる？」ではなく、こんなふうにいう。

オレンジジュースを飲みたいな
もぎたて果実のしぼりたて
皮をむいて、種もとって
たっぷり果汁《かじゅう》のジュースがいいな

エルフどうしがかわす朝のあいさつは、こんな感じだ。

やあやあ、みなさん、やあ、おはよう
今日は豊《ゆた》かになれるといいね

もしなれなくても、心配ご無用
大切なのは、健康だよね

エルフたちはなにかと歌を作り、つねに新作をひねりだす。上手《じょうず》な歌もあれば、聞くにたえない歌もあるが、とにかくひたすら歌っていた。

とりわけ寒い、十二月のこの日——。北極の雪原の下の氷床《ひょうしょう》には、八人のエルフがいた。名前はそれぞれ、スノズル、スペックル、スパークル、スガー、スター、スパッド、スノー、スプラウト。ボブが話したとおり、全員とても小さい。背丈《せたけ》は、人間の膝《ひざ》くらい。服装《ふくそう》は、かなりユニークだ。ティーカップの服もあれば、オーロラのように輝《かがや》く豆電球つきのふわふわコートもある。全員そろうと、なかなか見ものだ。

エルフたちはそれぞれ、大切な仕事をになっていた。

スノズルは、トンネルを掘《ほ》っていた。

スペックルは、スノズルを照らすランタンを持っている。

スパークルは、火をおこしていた。

スガーは、やかんで湯をわかしている。

スターは、お茶をいれていた。

スパッドは、パンケーキを四枚《まい》ずつ焼いている（エルフふたりで一枚《まい》の計算だ）。

スノーは、パンケーキにバターをぬっていた。

スプラウトは、見張《みは》り役として外をながめている。

エルフたちは午前いっぱい、パンケーキを食べ、お茶を飲みつつ、トンネルを掘《ほ》りつづけ、そろそろランチについて考えていた（北極エルフはとても小さいのに、食欲《しょくよく》はいつも旺盛《おうせい》なのだ）。

「おいおい、ないぞ、パンケーキ！」と、スプラウト。「腹《はら》が減《へ》ったよ、ランチだ、ランチ」

けれど、スノズルは聞いていなかった。この二時間、氷のトンネルを掘《ほ》ってきたスノズルは、歌詞《かし》をひねりだすのに没頭《ぼっとう》し、いまもひとりで歌を歌っていた。

来る日も来る日も、幾晩《いくばん》も
氷を掘《ほ》るよ、そう雪も
すべては子どもたちのため
すてきなおもちゃの……た、卵《たまご》？

エルフたちはおどろいて、いっせいに息をのんだ。スパッドにいたっては、自分が食べていたパンケーキを、バターの塗《ぬ》ってある面を下にして、床《ゆか》に落としてしまったほどだ。

「おいおい、リズムがくるってるぞ」スノーがラップ風にリズムをとりながら、後ろのほうで声をあげた。北極エルフがリズムをみだすなんて、めったにない。

「見つけちまったよ、ヘンなもの。うまってたんだよ、ヘンなもの！」スノズルが、我《われ》にかえってラップ風にさけぶ。

トンネルの外にいた七人のエルフは、いっせいにティーカップとパンケーキを放りだし、一目見ようと殺到《さっとう》した。みんなの頭ごしにトンネルの中を照らそうと、スペックルが長い棒《ぼう》にとりつけた真鍮《しんちゅう》のランタンを持ちなおす。

エルフたちは、美しい青と黄の光に照らされた氷のトンネルをのぞきこみ――あんぐりと口をあけ、目を見ひらき、わけがわからず、とまどった。

なんとトンネルの中では、巨大《きょだい》な卵《たまご》がひとつ、凍《こお》っていたのだ。

たいていの北極エルフは二百年以上生きてきて、奇怪《きかい》な物をさんざん見てきた。それでも、氷にうもれて凍《こお》った卵《たまご》は、さすがに見たことがなかった。

氷から半分つきでた卵《たまご》をじっくり見ようと背《せ》のびして、エルフたちはああでもない、こうでもないとしゃべりだした（もちろん、リズミカルにだ）。派手《はで》におしあいへしあいするうちに、とうとうスガーとスノズルが口論《こうろん》となった。といっても、エルフ以外の者には、陽気な二重唱にしか聞こえないだろう。


「雪の下に卵《たまご》だぞ」

「いったいぜんたい、なぜそこに？」

「さあて、いったい、なぜだろう？」

「とにかく掘《ほ》って、掘《ほ》りだそう」

「掘《ほ》りだしちゃったら、割《わ》れちゃうぞ」

「放っておくのはまずいだろう。おかずにしよう、夕食の。おいしいかもよ、ひょっとして」

「おかずだと？　えっ、おかずだと？　まったくもって、とんでもない。ひながいるかもしれないぞ」


スノズルが歌いおわったそのとき、エルフたちはいっせいにビクッとした。

卵《たまご》がグラッとゆれたのだ！

エルフたちが卵《たまご》を見つめ、身をよせあい、トンネルの中が静まりかえった。
卵《たまご》の中には、なにかいる。たぶん、きっと、生きたひなだ！
次の瞬間《しゅんかん》、何カ月間も練習してきたみたいに、エルフたちは声をそろえて歌いだした。

卵《たまご》を掘《ほ》ろう
掘《ほ》りだそう
卵《たまご》を掘《ほ》ろう
ひながいる
卵《たまご》を掘《ほ》って
たしかめよう
いったいどんな
ひななのか？
凍《こお》った魚？
冷たいニワトリ？
きっとわかるさ、サンタなら

だから、せっせと掘《ほ》りだそう

八人のエルフは力をあわせ、静かにそうっと掘《ほ》りはじめた。こんなにやっかいな作業は、北極エルフでなければ、とてもできない。人間にやらせたら、パンケーキのようにつぶしてしまう。北極エルフは、独特《どくとく》の技《わざ》を持っていた。まずスガーがお茶の蒸気《じょうき》で、かたい氷の層《そう》を溶《と》かしていく。次にスノーがバターまみれのナイフで氷をじょじょにはがしていき、残った雪をスターがはらう。その間、スプラウトがリズミカルに激励《げきれい》し、興奮《こうふん》ぎみにジャンプする（もちろん、パンケーキをほおばりながらだ）。

こうして、わずか十五分と二十二秒で、卵《たまご》をとりだすことに成功した。

エルフたちはぶあついコートとマフラーをはずし、巨大《きょだい》な卵《たまご》をくるんだ。卵《たまご》は、エルフ二人が縦《たて》にならんだ高さをしのぎ、幅《はば》はエルフ三人分以上、重さは八人分を超《こ》える。

そんな卵《たまご》を運ぶのは、正直とても大変だった。けれど、なんといってもエルフは、チームワークが大の得意だ。

北極の凍《い》てつく風に腕《うで》をさらしつつ、エルフたちは力をあわせ、卵《たまご》を雪原へとかつぎだし、いちばん賢《かしこ》い人のもとへ運んでいった。

凍《こお》った卵《たまご》をどうするか、北極で知っているのはひとりだけ。
エルフの主《あるじ》のサンタだけだ。

第3章　サンタのお尻《しり》

学校より大きい家を、見たことがあるだろうか？　お城《しろ》より大きい家は？　月より大きい家は？

とにかく、サンタの家はとてつもなく大きい。**とんでもない大邸宅《だいていたく》だ。**

いままで見てきたなかで、いちばんの豪邸《ごうてい》を想像《そうぞう》してほしい。その豪邸《ごうてい》が、巨大《きょだい》なログハウスさながらに、がっしりとした木材だけでできているとしよう。そこに、一本のねじれた巨大《きょだい》な塔《とう》と、きらめく煙《けむり》をもうもうと吐《は》きだす四本の高い煙突《えんとつ》と、色あざやかな九十九枚《まい》のガラス窓《まど》（と、霜《しも》におおわれたバスルームの窓《まど》一枚《まい》）をくわえてほしい。

さらに、ぶあつい松の木でできた、巨大《きょだい》な玄関《げんかん》をくわえてみよう。玄関《げんかん》には、雪の結晶《けっしょう》の形をした、ぜったい割《わ》れないピカピカの氷のドアノッカーがある。以前は玄関《げんかん》まで石畳《いしだたみ》のデコボ

コ道がのびていたが、エルフたちには歩きにくいので、サンタがリュージュのコースに変更《へんこう》した。おかげでエルフは小さなそりに乗って、玄関《げんかん》まで一気にすべっていける。リュージュコースの両脇《りょうわき》には、雪をかぶったクリスマスツリーだらけの、だだっぴろい庭がある。

その庭をふくめたすべてが、北極の氷雪邸《ひょうせってい》。北極の真ん中にある、サンタの家だ。

エルフたちの家も近い。エルフたちは、リュージュコースのてっぺんにある、人間界の小さな村のようなエルフシティに住んでいる。

ほかにも北極には、トナカイ用の小屋もある。トナカイたちが空を飛べるよう、天井《てんじょう》はふつうの小屋の三倍は高い。あとは、クリスマスをテーマにしたミニゴルフコースがひとつ。クリスマスの名作専門《せんもん》の映画館《えいがかん》がひとつ。クリスマスの本が勢《せい》ぞろいした図書館がひとつ。北極カフェが四カ所。スケートリンクがひとつ（その正体は、永久《えいきゅう》に凍《こお》っている屋外プール）。エルフたちは食《く》いしん坊《ぼう》で、甘《あま》いものに目がない。おかげでスイーツとパンの店がやたらとあって、甘《あま》い砂糖《さとう》と焼きたてのパンケーキの香《かお》りがつねにただよっている。

ほかにも、北極にはいろいろある。まさに、夢《ゆめ》の理想郷《りそうきょう》だ。

そして、いま——。氷雪邸《ひょうせってい》の巨大《きょだい》な木製《もくせい》の玄関《げんかん》から、八人のエルフが玄関《げんかん》ホールへと飛びこんだ。背中《せなか》を丸めて卵《たまご》をかつぎ、よろめきながら大声を出す。

来て来て、サンタ
助けて、サンタ
メチャクチャ重いよ、この卵《たまご》
みんなそろって、つぶれちまう

広大な玄関《げんかん》ホール全体に、**ズシン**、**ズシン**、**ズシン**と重々しいブーツの音が響《ひび》いた。その足音がとまり、少しの間、沈黙《ちんもく》が流れ――ふいに巨漢《きょかん》がひとり、天井《てんじょう》から空中サーカスのブランコに乗って、いきおいよくおりてきた。

なにをかくそう、これぞサンタ。つねに、さっそうと登場したがるサンタだ。

サンタは、史上最強の巨体《きょたい》をほこる。どのくらい巨体《きょたい》かというと、太っちょの親戚《しんせき》をふたり、想像《そうぞう》してほしい（想像《そうぞう》しても、本人にいわなければ問題ない）。そのふたりをくっつけて、ひとりにしたら？　そう、それがサンタだ。

しかも、ただの太っちょじゃない。**とびきりすてきな太っちょだ。**

たとえば、ゆうにエルフ五十人分の巨体《きょたい》なのに、おどろくほど身が軽い。北半球でいちばん足が速いし、バレリーナのようにつま先でおどれるし、忍者《にんじゃ》のように気配を消して、前にも後ろにも宙返《ちゅうがえ》りができる。北極から南極まで綱渡《つなわた》りをし、そのまま北極へ引きかえしたこともある（といっても、足にひどい水ぶくれができてしまい、やむなく最後はそりに乗った）。

いま、サンタは後方宙返《ちゅうがえ》りをし、さらに二回前転して広大な玄関《げんかん》ホールをつっきり、エルフたちのすぐ近くでピタッととまった。でんとつきでた腹《はら》のせいで、深紅《しんく》のジャンプスーツがはちきれそうだ。つづいてサンタはエルフのまわりをジャンプし、スキップし、つま先立ちで歩いた。エルフたちがかついでいる、コートとマフラーでくるまれた物を、興味《きょうみ》しんしんでのぞいている。

「ふむふむ、なんだ？」サンタは、ことのほか上機嫌《じょうきげん》だった。「見ものだ、見もの。しゃれとるぞ。なんと楽しい。なんとビックリ。謎《なぞ》の物体、なぞなぞだ。エルフよ、エルフ、そいつはなんだ？　さわってよいか？　見てもよい？　ふむふむ、わかった。こいつは、あれだ。もちろん、こいつは……ん？　なんだ？」

待ってましたとばかりに、エルフたちはコートとマフラーをはがし、つやつやの巨大《きょだい》な卵《たまご》をあらわにした。

「ほーう」サンタが物めずらしそうにいう。

「ほーう」エルフたちも、くりかえした。

「ほうほう、こいつは、おもしろい」サンタは、もじゃもじゃの白いほおひげの下からつぶやいた。

「うんうん、すっごく、おもしろい」エルフたちは、サンタがリズミカルにつづけるのを期待した。

「こいつは、どこに、あったんだ？」サンタはラップ風に答えられて、有頂天《うちょうてん》になった。ふだんはリズムをよく外し、エルフにしょっちゅうにらまれるのだ。

「氷の中だよ。凍《こお》ってた。こわれてなくて、ラッキーだ」と、スプラウト。

「おお、なんと！」サンタは、ふいに、不安そうな顔をした。「もし、この卵《たまご》が氷の中でずっと凍《こお》っておったとすると、ものすごく古い卵《たまご》だぞ。わしより古いかもしれん。わしは、齢《よわい》五百歳《さい》……ん？　六百五十か？　六百二十？　ああ、もう、いったい、いくつだったか？」

エルフたちは卵《たまご》の謎《なぞ》に興奮《こうふん》しつつ、サンタの調子はずれの言葉が気になり、顔を見あわせた。

「ねえねえ、どうする、凍《こお》った卵《たまご》？」スパークルがたずねた。

「ねえねえ、どうする？　ゆでちゃう？　割《わ》っちゃう？」と、スパッド。

そのとき、卵《たまご》がふたたびグラッとゆれた。

「ゆでるだと？　割《わ》っちゃうだと？」サンタはさけんだ。「たわけたことを。めっそうもない。生きた卵《たまご》だ。ひながいる。ゆっくり、じっくり、あたためよう。世話をせねば。愛情《あいじょう》をもって。母親がいるな。めんどりが」

尻《しり》で卵《たまご》をあたためられる巨大《きょだい》なめんどりがいないものかと、サンタは部屋《へや》の中を見わたした。

「でもね、いないよ、めんどりは。ほかのお尻《しり》がないとダメ」お尻《しり》という言葉が好きなスノズルが、すかさずいう。

「うーむ、スノズル、そのとおりだ。しかし、この卵《たまご》をとかせるくらいデカい尻《しり》など、どこにある？」

エルフたちはここぞとばかりに歌いだし、ひざをついて踊《おど》りだした。

卵《たまご》をとかす、お尻《しり》がいる
エルフのお尻《しり》は、ちっちゃいよ
みんなのお尻《しり》を集めても
お尻《しり》のほうが凍《こお》っちゃうよ

エルフがやるのは、無理がある
エルフがやったら、一年かかる
エルフがだめなら、ほかのだれかだ
ずっと大きい、ほかのだれかだ

エルフたちは期待をこめてサンタを見つめ、いっせいにサンタを指さした。

「わ、わしか？　そんな無茶な。もうすぐクリスマスだし……プレゼントをつめたり、包んだり……いろいろやることが……」

サンタはためらった。けれど心の奥《おく》では、自分しかいないとわかっていた。

クリスマスの準備《じゅんび》なら、エルフたちに任《まか》せればよい。わしは、凍《こお》った卵《たまご》の上にすわって、ひたすらあたためつづければよい。よし、やろう！

第4章　卵《たまご》の中身

サンタは、昼も夜も、卵《たまご》の上にすわりつづけた。すわりごこちは悪かったが、臨時《りんじ》の〈卵《たまご》部屋〉となった衣類乾燥室《かんそうしつ》に、毎日エルフが朝食も昼食も晩《ばん》ごはんも、お茶もおやつもトレイにのせて運んでくるので、不便はない。さらにテレビも運んできたので、巨大《きょだい》な尻《しり》で卵《たまご》を溶《と》かしつつ、必ず自分が登場する、お気に入りのクリスマス映画《えいが》にひたることができた。

卵《たまご》はときどき、軽くゆれた。すわる時間が長くなるほど、ゆれる回数がふえてくる。わしの尻《しり》が役だっている、なによりの証拠《しょうこ》だわい、とサンタは思った。

けれど、時間は卵《たまご》の味方をしてくれず、刻一刻《こくいっこく》とクリスマスが近づいてきた。

「おいおい、たのむよ、卵《たまご》ちゃん。クリスマスイブまでに出てきてくれんと、わしは行かねばならんのだよ。見捨《みす》てるようで気がひけるんだが、子どもたちが待っておる。行かないわけに

はいかんのだよ」

時計《とけい》が夜中の十二時をつげ、卵《たまご》に変化のない一日が終わり、サンタは心配してささやいた。

そのとき、サンタはパッとひらめいた。そうだ、温度を上げれば、卵《たまご》は早くかえるかも――。

「おーい、スノズル、セントラルヒーティングを、いますぐフル稼働《かどう》してくれ」

数時間後、氷雪邸《ひょうせってい》はサウナと化した。あまりの暑さに、スプラウトは長ズボンを切って短パンにし、それを見たほかのエルフも、ほどなくこぞってまねをした。おかげでエルフシティのギフトショップは、北極史上初めて、セーターのかわりにベストを、ぶあついニット帽《ぼう》のかわりに野球帽《ぼう》を売りだした。

氷雪邸《ひょうせってい》は最高気温を記録し、サンタは服をぬいで、紅白《こうはく》の縞模様《しまもよう》のアンダーシャツと、いちばん上等なクリスマス専用《せんよう》パンツになった。クリスマス専用《せんよう》パンツとは、引きあげるたびにジングルベルのメロディーが流れる、白い雪の結晶模様《けっしょうもよう》の赤いパンツだ。とにかく暑くて汗《あせ》だくになったが、かまわない。卵《たまご》の中のひなのためなら、どんなことでもするつもりだった。

ひながかえるのを待つ間、サンタもエルフも、卵《たまご》の中身に知恵《ちえ》をしぼった。何匹《ひき》もの大きなうさぎちゃん？　一頭のでかい北極グマ？　エルフたちはつぎつぎとばかばかしい案を出しつづけたが、正解《せいかい》はひとつもなかった。

まあ、エルフは、この話を最初から読んでいないのだから、しかたない。けれど、読者のみんなは、わかるはず。サンタやエルフは知らないけれど、例の特別な卵《たまご》だって、みんなはもう、わかっているよね。

ほどなく、サンタのアドベントカレンダーのチョコレートは、残りひとつとなった。とうとう、クリスマスイブになったのだ。

「やれやれ、ひなちゃん、時間がないよ」サンタは、尻《しり》の下のなめらかな殻《から》をなでながら、ため息をついた。

北極エルフはサンタを応援《おうえん》しようと、家族をつれて乾燥室《かんそうしつ》に集まっていた。ろうそくや電気ストーブを持ってきた者もいる。全員、卵《たまご》をかこんで身をよせあい、ひなを外にさそいだそうと、一日中クリスマス・キャロルを歌いつづけた。

しばらくすると、スノズルが卵《たまご》の殻《から》をくまなくさわり、しげしげとながめた。そして汗《あせ》だくの顔に悲しげな表情《ひょうじょう》を浮《う》かべ、エルフたちのほうをふりかえっていった。

「ひびわれは、ただのひとつも、どこにもない」

サンタは、長いため息をついた。卵《たまご》からおりて、出かけるしたくをする時が、とうとう来てしまった。そのとき――。

ピシッ！

部屋《へや》全体に、大きな音が響《ひび》いた。エルフがそろって興奮《こうふん》し、いっせいに飛びはねる。

「シーッ、しずかに」サンタは声をひそめて注意すると、卵《たまご》にすわったまま、なめらかな殻《から》に手をのばし、つやのある表面をなでた。

凍《こお》って冷たかった卵《たまご》が、あたたかくなっている。

ふいに、サンタが手をとめた。ん？　これはなんだ？　指を少しもどすと、わずかだが、まちがいなく、殻《から》にひびが入っている。サンタはさけんだ。

「おおっ！　ひながかえるぞ」

サンタはそうっと卵《たまご》からおりて、エルフとならんで立った。全員、かたずをのんで見まもる部屋《へや》に、興奮《こうふん》が魔法《まほう》のようにひろがっていく。

どこからともなく、低く重々しい音が聞こえてきた。遠く離《はな》れた列車の音のような、ばかでかい腹《はら》の音のような、とても変わった音だ。しかも、卵《たまご》の中から聞こえてくる。

サンタは、卵《たまご》を見つけた八人のエルフを見た。エルフたちは興奮《こうふん》しつつ、やきもきしている。

重低音が大きくなり、卵《たまご》がぐらぐらしはじめた。と、殻《から》のひびがわずかにひろがり、割《わ》れ目《め》から深い闇《やみ》があらわれた。

エルフは全員、こぶしをにぎった。緊張《きんちょう》のあまり、スノズルがしゃっくりをする。

そのとき、卵《たまご》がとつぜん、とまった。

重低音も、卵《たまご》のゆれも、ひびわれもとまって、沈黙《ちんもく》が流れる。

動きが消えた部屋《へや》の中、サンタは勇気をふるって一歩出て、割《わ》れ目《め》の奥《おく》をのぞきこんだ。暗くて、よく見えなかった。が、なにかが光っているような――。

サンタが身をのりだした瞬間《しゅんかん》、光るものがまばたきをした。

「おおっ、目だ！」サンタは息をのんだ。

その目は、殻《から》の中から、外を見わたしている。

サンタは、飛びあがりそうになった。つられてエルフたちも、飛びあがりそうになる。

全員、ひとまず落ちつくと、臆病者《おくびょうもの》めと、顔をひきつらせて笑いあった。そのとき――。

ピシッ、バリバリ、ドーン！

卵《たまご》がこっぱみじんにくだけ、サンタとエルフはとっさに身をふせた。割《わ》れた殻《から》は部屋《へや》全体に輝《かがや》くかけらをまきちらし、みんなの頭にきらめく灰《はい》を降《ふ》らせていく。

サンタは、おそるおそる立ちあがった。くしゃみをして、口とあごひげの細かい殻《から》をふきとばし、パンツについた殻《から》もはらい、丸眼鏡《まるめがね》をふいてきれいにする。

眼鏡《めがね》をかけたサンタが見たのは、信じられない光景だった。

さっきまで卵《たまご》があった部屋《へや》の中央に、ありえないものがいたのだ。

といっても、ここは北極。なんでもありの北極だ。

「な、な、なんだ？」エルフたちがさけぶ。

次の瞬間《しゅんかん》、声が響《ひび》いた。**ガオーッ！**

「おおっ、なんと、すばらしい……」サンタは目に涙《なみだ》を浮《う》かべていた。「**赤ちゃん恐竜《きょうりゅう》**の誕生《たんじょう》だ」

第5章　クリスマスサウルス

エルフたちはいっせいに、サンタに質問《しつもん》を浴びせた。

「どんな恐竜《きょうりゅう》？」「名前はなあに？」「暴《あば》れん坊《ぼう》なの？」「おとなしい？」「メスならギニーって呼《よ》んでいい？」「オスだよ、オス、オス。ナニがある！」

「ストップ！」まあ、落ちつけと、サンタはエルフたちに命令した。北極ファミリーの新たなメンバーを、じっくりと見たかったのだ（ちなみに、恐竜《きょうりゅう》はオスだった。さすがはスノズル！）。

サンタは、床《ゆか》にちょこんとすわった恐竜《きょうりゅう》に、ゆっくりと近づいていった。

その恐竜《きょうりゅう》は、本や博物館で見たどの恐竜《きょうりゅう》ともちがっていた。

皮膚《ひふ》は、真《ま》っ青《さお》なうろこにおおわれていた。きらめく体は、半透明《はんとうめい》の氷の彫刻《ちょうこく》のようだ。近づくにつれて、無数のあざやかな色が組みあわさり、背筋《せすじ》にそってふしぎな模様《もよう》を描《えが》いているのがわかった。あまりにも長く凍《こお》っていたせいか、ただの偶然《ぐうぜん》かはわからないが、大きな雪の結晶《けっしょう》が、頭から長いしっぽの先まで、左右対称《たいしょう》に散らばっている。長いしっぽは、巨大《きょだい》なネコのように、体に巻《ま》きついていた。

赤ちゃん恐竜《きょうりゅう》が、まばたきをする。

この子、緊張《きんちょう》しておるぞ――。サンタは大きくてあたたかい手をのばし、恐竜《きょうりゅう》の目をのぞきこんだ。

とたんに、恐竜《きょうりゅう》がリラックスする。

これは、サンタの得意技《わざ》だった。サンタのあたたくてやさしい目を見れば、どんな悩《なや》みや心配も、陽光を浴びたつららのように溶《と》けてしまう。

サンタは恐竜《きょうりゅう》の頭に手を置いて、うれしそうにいった。

「おまえさんは、どんぴしゃのタイミングで生まれおったな。メリークリスマス！」

頭をなでてやると、恐竜《きょうりゅう》はにこにこと楽しそうに、舌《した》をのばしてひらひらさせた。数千万年、卵《たまご》とともに凍《こお》りつづけて、ようやく溶《と》けて生まれた場所は、きわめつけの摩訶不思議《まかふしぎ》な世界だった。

「ふーむ……この子は、どんな種類の恐竜《きょうりゅう》だろう？」サンタはあごひげをすいて、はりついていた殻《から》を落としながら、ひとりごとをいった。「よし、スノズル。図書室までひとっぱしりして、百科事典をとってこい」

「はいはい、了解《りょうかい》、サンタさま。これからとりに……ううっ」

スノズルがうめいたのは、リズミカルに答えおわる前に、サンタに部屋《へや》から蹴《け》りだされたからだ。ほどなくスノズルは、頭にぶあつい本を一冊《さつ》のせて、スキップしながらもどってきた。

「そう、それだ」サンタは真鍮《しんちゅう》フレームの丸眼鏡《めがね》をおしあげると、スノズルの頭から事典をとりあげ、ぱらぱらとめくった。「どれどれ……かりんとう……汽車……汽車ポッポ……キャンディ……あったぞ。恐竜《きょうりゅう》」サンタはエルフたちにも見えるよう、事典を床《ゆか》にひろげた。

その頁《ぺーじ》には、ありとあらゆる恐竜《きょうりゅう》のイラストがならんでいた。角が生えたうろこ状《じょう》の恐竜《きょうりゅう》、うろこ状《じょう》のとがった恐竜《きょうりゅう》、かぎづめの生えた赤い恐竜《きょうりゅう》、前脚《まえあし》のある青い恐竜《きょうりゅう》、ひれ足を持つ翼《よく》竜《りゅう》、するどい歯を持つ革色《かわいろ》の恐竜《きょうりゅう》、肉食恐竜《きょうりゅう》、草食恐竜《きょうりゅう》――。しかしイラストや解説《かいせつ》は大量にあるのに、目の前にすわっている赤ちゃん恐竜《きょうりゅう》のイラストだけがない。

エルフたちは声をあげた。「ぜんぜん、ないない。ほらほらね。この子はどこにものってない」

ちょうどそのとき、振《ふ》り子時計《こどけい》が鐘《かね》を鳴らし、外に出ていたスパッドがあせったようすで歌いながら飛びこんできた。

そりの準備《じゅんび》ができたんだ
さあさあ、いますぐ、出発だ
トナカイたちも待ってるよ
ゴーグルだって磨《みが》いたよ
おもちゃを早く配っておいで
お世話はするよ、おれたちで

「わたしたちも！」リズムははずしているが、女子エルフのスターとスパークルがさけんだ。

そうだそうだと、残りのエルフたちも明るくいう。

スパッドの〝歌〟は、もっともだった。サンタはそろそろ、仕事の時間だ。なにせ今夜はクリスマスイブ。ほかのことに気をとられている場合じゃない。

サンタはうなずいて、立ちあがり、出ていこうとした。が、足をトントンとたたかれた。見ればスプラウトがサンタのブーツの上に立ち、赤ちゃん恐竜《きょうりゅう》をおそるおそるなでながら、サンタを見あげていた。

「ねえねえ、サンタ、行くのは待って。先にこの子に名前をつけて」と、甘《あま》い声でおねだりする。

「ふーむ、クリスマス生まれの恐竜《きょうりゅう》、か」

サンタはそうつぶやき――ふいに顔をパッと輝《かがや》かせ、笑みを浮《う》かべた。そうだ、クリスマスの恐竜《きょうりゅう》だ!

サンタは咳《せき》ばらいをし、しーっとみんなに合図すると、深みのある低い声で語りかけた。

わが良き北極エルフたちよ
これは偉業《いぎょう》だ、ほめたたえよ
これはぜったい、まちがいない
この世の奇跡《きせき》にちがいない
ちょこんとすわるものは、そう

恐竜《きょうりゅう》くんの赤んぼう

エルフたちは小さな目に涙《なみだ》を浮《う》かべて、サンタの言葉に聞きいった。サンタがこんなふうにほめてくれることはあまりないが、サンタのほめ言葉はとてもしゃれているのだ。

サンタは、さらにつづけた。

今年《ことし》も山あり谷ありだった
本当によく尽《つ》くしてくれた
とくに格別《かくべつ》、この夜は
卵《たまご》が出てきたこの夜は
名もなきひなは、そこにいる
きれいな姿《すがた》で、そこにいる
これぞという名はひとつだけ
さあさあ、みんな、聞いてくれ
クリスマス生まれの恐竜坊主《きょうりゅうぼうず》

その子の名前は、クリスマスサウルス！

クリスマスサウルスが、「**ガオー！！！！ッ！**」と、うれしそうに長く吠《ほ》える。エルフたちは歓声《かんせい》をあげ、サンタが世界中にプレゼントを配る間、赤ちゃん恐竜《きょうりゅう》といっしょになって、楽しく歌い、楽しく踊《おど》り、夜おそくまでお祝いした。

こうして、その年のクリスマスイブは、サンタ、エルフ、クリスマスサウルスにとって、一生わすれられない日となった。

第6章　華麗《かれい》なる魔法《まほう》の空飛ぶトナカイたち

クリスマスサウルスは、北極で毎日とても楽しくすごしながら、すくすくと成長した。北極グマの卓球《たっきゅう》や森の妖精《ようせい》の釣《つ》りを見られるし、雪だるまのアイススケートや、セイウチのワルツもながめられる。森の妖精《ようせい》が釣《つ》るのは、ソワソワという虫。パンに塗《ぬ》る酵母《こうぼ》エキスのペーストに似《に》た味で、妖精《ようせい》はおやつとして食べている。

といってもたいていは、サンタと、自分を見つけてくれた八人のエルフとすごしていた。クリスマスサウルスにとって、サンタと八人のエルフは家族だった。

サンタとエルフたちも、毎日、クリスマスサウルスに肉とドライフルーツが入ったミンスパイを四十二個《こ》食べさせたり、石鹸《せっけん》がわりに妖精《ようせい》のうれし涙《なみだ》で洗《あら》ってやったり、一時間に三回散歩につれだしたりと、実の親のようにかいがいしく世話をした。

親代わりのサンタと八人のエルフを、クリスマスサウルスは心から愛していた。けれど、いくらわが子のようにかわいがってもらっても、たまらなく孤独《こどく》で、さびしくなることがあった。

北極で自分だけ、みんなとちがっているからだ。

北極で、恐竜《きょうりゅう》はクリスマスサウルスだけ。エルフや北極グマ、セイウチやクジラ、雪だるまや森の妖精《ようせい》はおおぜいいるのに、恐竜《きょうりゅう》はほかにいない。そのせいで、悲しくなってしまうのだ。

そんなとき、元気をもらえるものがひとつだけある。クリスマスサウルスは悲しくなるといつも、北極の生き物のなかで一番のお気に入りを見に行った。

サンタの華麗《かれい》なる魔法《まほう》の空飛ぶトナカイたちだ。

華麗《かれい》なる魔法《まほう》の空飛ぶトナカイほど、摩訶不思議《まかふしぎ》な生き物はいない。

頭をまっさらにして、想像《そうぞう》してみてほしい。ビロードのようにやわらかい、二本の枝角《えだづの》を。それをさらに二倍、やわらかくしてほしい。星空のような、漆黒《しっこく》のきらめく瞳《ひとみ》。チリンチリンと鳴る鈴《すず》があちこちについた、焦《こ》げ茶《ちゃ》色の毛皮のコート。内側から光っているような、明るい金色のひづめ。

そのすべてがそろった生き物が、頭上約十メートルを飛びまわっているとしたら――。それこそが、サンタの華麗《かれい》なる魔法《まほう》の空飛ぶトナカイたちだ。

クリスマスサウルスにとって、空飛ぶトナカイはまさに華麗《かれい》だった。はるか頭上を飛びまわるすがたは、何時間見ていてもあきない。

じつはクリスマスサウルスには、秘密《ひみつ》にしている夢《ゆめ》があった。トナカイたちと空を飛びまわるという夢《ゆめ》だ。

ぼくも空さえ飛べれば、みんなとそんなにちがわなくなる。もしかしたら、サンタのそりを引かせてもらえる日が来るかも――。

北極にいるかぎり、この夢《ゆめ》がなくなることはない。クリスマスイブに空飛ぶトナカイたちとサンタのそりを引くのは、一生の夢《ゆめ》。そう決めた瞬間《しゅんかん》から、クリスマスサウルスは空を飛ぶことしか考えられなくなった。

トナカイが空を飛べるのなら、ぼくだって――。クリスマスサウルスは、心の中でよくつぶやいた。しっぽの先まで宙《ちゅう》に浮《う》き、いっしょに空を飛ぶためなら、どんなことでもがんばるぞ！

そこでクリスマスサウルスは、トナカイと同じものを食べ、同じものを飲むようになった。空を飛ぶトナカイの魔法《まほう》が宿らないかと期待して、トナカイの小屋でいっしょに寝《ね》るようにもなった。

けれど、話はそうかんたんではない。トナカイが空を飛べるのには、食べ物や飲み物とは関係ない、特別な理由がある。いっしょに寝《ね》ると飛べるわけではなく、ビロードのような枝角《えだづの》や金色のひづめとも関係ない。もっと奥《おく》の深い魔法《まほう》が――最古にして最強の魔法《まほう》が――働いているのだ。

サンタのトナカイのことを知っている子どもは、世界中に数えきれないくらいいる。その子たちは、サンタのトナカイが空を飛べると、ただ思っているわけじゃない。なんの疑《うたが》いもなく、信じきっている。

この信じる心こそが、不可能《ふかのう》を可能《かのう》にする魔法《まほう》。絶対《ぜったい》ありえないことを断然《だんぜん》ありえることに変える、たったひとつの魔法《まほう》なのだ。

なかでも子どもの信じる心は、史上最強といっていい。

もし世界中の子どもがとつぜん、サンタや、空飛ぶトナカイや、北極の夢《ゆめ》の世界を信じなくなったら？　その瞬間《しゅんかん》、サンタもトナカイも北極も、泡《あわ》がはじけるようにパッと消えてしまう。

それくらい、信じる心は大切だ。信じる心がなければ、魔法《まほう》は死んでしまう。

クリスマスサウルスの問題は、そこだった。地球上の子どものなかで、北極に恐竜《きょうりゅう》がいると知っている子はいない。ましてや、恐竜《きょうりゅう》が空を飛べると信じる子どもは、ひとりもいない。となると、万事休すだ。

どれだけ速く走っても、どれだけ高くジャンプしても、恐竜《きょうりゅう》が空を飛べると信じる子どもの心がなければ、クリスマスサウルスは空を飛べない。

＊

十二月の初日――。クリスマスサウルスは、エルフシティのはずれをとぼとぼと、うなだれながら歩いていた。

いま、北極は、クリスマス一色だ。

遠くの雪原では、雪だるまたちが盛大《せいだい》に雪合戦中だ。けれど恐竜《きょうりゅう》の腕《うで》は短すぎて、クリスマスサウルスは雪玉をうまく投げられない。エルフたちは、氷雪邸《ひょうせってい》の庭の真ん中に巨大《きょだい》なクリスマスツリーを用意した。けれどクリスマスサウルスは、かぎづめやしっぽにモールが引っかかるので、飾《かざ》りつけを手伝《てつだ》えない。イッカクのように泳げないし、妖精《ようせい》のようにプレゼントを包むこともできない。

ぼくだけ、みんなとぜんぜんちがう。ぼくだけ、どこにも居場所《いばしょ》がない――。

クリスマスサウルスは雪原にしっぽの跡《あと》を残しながら、悲しげな低い声で吠《ほ》えた。そして遠くの北極山脈を見つめ、空全体を緑と青に染《そ》めていくオーロラをながめながら、物思いにふけった。

この広い世界のどこかに、ぼくみたいな子はいないのかな？　みんなとちがうのがどんなものか、知っている子はいないのかな？

クリスマスサウルスは知らなかったが、そういう子はいた。はるか遠くで、まったく同じことを思いながら、同じように空を見あげるその子も、みんなとちがうのがどんなものか、よく知っていた。

それがだれか、読者のみんなは、もうわかっているよね。

そう、あのウィリアム・トランドルだ。

第7章　三年後のウィリアム

クリスマスが三回すぎて、十歳《さい》となったウィリアムは、以前ほど明るい子ではなくなっていた。

その話をする前に、まずはウィリアムについて、いっておきたいことがある。

じつはウィリアムは足が不自由で、車いすに乗っている。

ウィリアムは幼《おさな》いころ、事故《じこ》でお母さんを亡《な》くし、車いす生活となった。とてもつらくて悲しい事故《じこ》だったが、もう昔のことだ。

いまでは、恐竜《きょうりゅう》のデコレーションをしたピカピカの赤い車いすをのぞけば、ほかの子とたいして変わらない。毎日学校に行くし、テレビを見るのが好きだし、宿題をわすれるし、ときどき鼻をほじって鼻くそを食べる（みんなも、やったことがあるよね）。

ホリーヒース小学校の子どもたちも、車いすのウィリアムはあたりまえで、とくに気にしなかった。

そう、去年、あの子があらわれるまでは。

ウィリアムの家の向かいの通りに引《ひ》っ越《こ》してきて、ウィリアムと同じクラスになった転校生があらわれるまでは。

すべてを変えた彼女《かのじょ》の名は、ブレンダ・ペイン。

ブレンダは学校一、いや世界一、意地が悪い。欲《よく》ばりで、声が大きくて、つねに注目を浴びていないと気がすまない、小生意気《こなまいき》ないじめっ子だ。ブロンドの髪《かみ》はにくたらしいほど美しく、これみよがしにクルンとカールし、歯ならびはぞっとするほど完ぺきで、歯はまばゆいほどに白く、まだ子どもなのにいつも化粧《けしょう》をしている（しかも、化粧品《けしょうひん》は上級生の女子からくすねたものだ）。そのせいで、卑劣《ひれつ》きわまりないくせに、びっくりするほどかわいく見える。

転校初日は、なにごともなく始まった。ブレンダはウィリアムを見ると、気まずそうに、あわれみの表情《ひょうじょう》を浮《う》かべた。車いすを見ると、たいていの人はまず、あわれむような顔をする。ウィリアムには、おなじみの表情《ひょうじょう》だ。何年もくりかえされてきたことなので、ウィリアムもいつもどおり、にっこりとほほえんだ。その自信に満ちあふれた明るい笑みは、家の食器棚《しょっきだな》に置きっぱなしの強烈《きょうれつ》な懐中《かいちゅう》電灯なみに光りかがやき、ブレンダの顔から一瞬《いっしゅん》にして、あわれみの表情《ひょうじょう》を消しさった。

すべての歯車がくるいだしたのは、ランチのときだ。

学校中の生徒が、いらいらしながらランチの列にならんでいた。定番メニューは、パン粉もどきをまぶしたチキンもどきに、ねっとりとしたポテトチップスと、ドロッとした緑色のペーストをひとすくいだ。

カフェテリアは広々としていて、一方の壁《かべ》ぎわにカウンターがあり、べとつく床《ゆか》にテーブル席がずらりとならんでいる。いちおうランチタイムは、年老いたしわくちゃの用務員《ようむいん》が監督官《かんとくかん》としてつめている。が、いつもカフェテリアの隅《すみ》で補聴器《ほちょうき》のスイッチを切り、ひっくりかえしたバケツに足をのせ、さめたお茶のカップを手に、うたた寝《ね》をしている。

だから、ランチタイムは生徒のものだ。

新入生にとっては、まさに悪夢《あくむ》。ギラギラ、ジロジロとねめつけられる、地獄《じごく》の時間でしかない。

新入生を見定める視線《しせん》の集中砲火《ほうか》をあびて、ブレンダ・ペインは針《はり》のむしろにすわる思いだった。

その日、ランチの列の先頭にはブレンダ、すぐ後ろにウィリアムがいた。ウィリアムは、ブレンダが緊張《きんちょう》しながらトレイをさしだし、プラスチックの皿に料理をのせてもらうのをながめると、自分も料理をのせてもらい、スプーンとフォークをとりにいくため、車いすの向きを変えた。と、車いすの片方《かたほう》の車輪がなにかにぶつかり、**ミシミシ**となにかを轢《ひ》く音がした。

「痛《いた》いっ！　足！」

ブレンダがかんだかい声をはりあげ、とっさに後ろに飛びのき、はずみでランチのトレイを放りだした。

チキンと、ドロッとしたペーストと、ねっとりポテトが、ブレンダの頭上に浮《う》きあがり、ブレンダがウィリアムの目をとらえる。

この瞬間《しゅんかん》、ウィリアムは敵《てき》を作ったことをさとった。

そして――**ガシャン！　ベチャ！　ドロッ！**

全生徒が見まもるカフェテリアの真ん中で、ブレンダはランチまみれでつっ立っていた。

次の瞬間《しゅんかん》、火山が噴火《ふんか》するように、生徒たちがどっと笑いだした。ブレンダを指さして大笑いし、ケータイがいっせいに光り、〈ランチまみれの転校生〉の画像《がぞう》が瞬時《しゅんじ》に世界をかけめぐる。いつもランチタイムにおもらしをするグレゴリーでさえ、今日はブレンダを見て笑いながらおもらししていた。

だが、ブレンダの次の行動は、全員の度肝《どぎも》を抜《ぬ》いた。

泣きもせず、カフェテリアを飛びだしもせず、おしだまって立ちつくし、ウィリアムをひたと見すえていたのだ。

「ご、ごめんね。わざとじゃないんだ。後ろにいるのが見えなくて……」

ウィリアムはあやまったが、声が笑い声にかき消されてしまった。

ブレンダはなおもだまって、ひたすら待った。やがて笑い声がおさまってくると、左手でゆっくりと頭上に逆《さか》さにのっかったプラスチックの皿をつかみ、顔にはりついた緑のペーストを右手でたっぷりすくって、皿の上に置いた。そしてオーケストラの指揮《しき》でもするように、右手を大きくふりあげた。

カフェテリア全体が、不気味に静まりかえった。こんなに静かなカフェテリアなど、ウィリアムは記憶《きおく》になかった。

「あたしは、ブレンダ・ペイン……」

ブレンダは、全生徒に自分の名をつげた。ブレンダの肩《かた》でゆれていたチキンが床《ゆか》に落ちたが、だれも笑わない。

「転校生のブレンダよ」

その言葉とともに、ブレンダは右手を大きく引いて、ペーストの皿を至近距離《しきんきょり》からウィリアムの顔へと投げつけた。

その威力《いりょく》はすさまじく、ウィリアムは車いすごと猛《もう》スピードでバックして、カフェテリアから非常口《ひじょうぐち》へ、外の駐車場《ちゅうしゃじょう》へとつき飛ばされ、教師《きょうし》専用《せんよう》の駐車《ちゅうしゃ》スペースでようやくとまった。さらに弱り目に祟《たた》り目で、駐車違反監視員《ちゅうしゃいはんかんしいん》がどこからともなくあらわれて、身障者専用《しんしょうしゃせんよう》スペースにとめなかったからと、駐車違反《ちゅうしゃいはん》の切符《きっぷ》を切った。

「なにかいいたいこと、ある？」

ブレンダがカフェテリアの全生徒に質問《しつもん》を放った。全員ふるえあがり、目をあわせようともしない。

ブレンダはトレイをひろうと、カウンターへ堂々と向かい、自分でペーストをよそいなおすと、中央テーブルの上座《かみざ》について、ランチを食べはじめた。

この瞬間《しゅんかん》から、ブレンダ・ペインは学校の女王の座《ざ》に就《つ》いた。

第8章　車いすのウィリアム

その日をさかいに、ウィリアムの生活は一変した。

最初は、毎朝スロープで車いすをおしてくれた友だちがおしてくれなくなったり、床《ゆか》に落としたエンピツが転がっていってもだれもひろってくれなかったりといった、ちょっとした変化だった。しかし数週間たつと、ランチタイムにだれもとなりにすわらなくなった。カフェテリアのテーブルに車いすで移動《いどう》するたびに、そのテーブルからあっという間に生徒が消え、いつもランチはひとりきりとなった。

ウィリアムは、自分がひとりぼっちになったことを痛感《つうかん》した。いまのウィリアムは、友だちがいない、車いすの変わり者あつかいだ。

すべては、ブレンダのせいだった。

読者のみんなも想像《そうぞう》がつくと思うけれど、ウィリアムはとても悲しかった。以前は友だちがおおぜいいたのに、いまではまわりじゅうから意地悪をされるようになった。とくに底意地の悪い生徒は——そう、あのブレンダ・ペインだ——さらに悪のりして、ウィリアムをバカにする歌を作った。

ウィリアムくんは歩けない
地面をコロコロ転がるだけ
ボールを蹴《け》れない
走れない
いっしょに遊ぶなんて無理
ただただ地面を転がるだけ
ウィリアムくんは移動《いどう》が速い
なぜって足がタイヤだから
木を登れない

歩けない
転がるだけのウィリアム
さっさとどこかに行っちゃって

ウィリアムくんはすわりっぱなし
どこでもコロコロ転がっていく
ジャンプは無理無理
立つのも無理
スロープなしでは
上がれもしない

ブレンダの意地悪はウイルスのように学校全体に広まり、感染《かんせん》した生徒たちはゾンビのごとく次々と反ウィリアム派《は》に変身した。ほどなく反ウィリアム軍団《ぐんだん》ができあがり、ウィリアムは徹底的《てっていてき》に白い目で見られ、仲間はずれにされ、異臭《いしゅう》を放っているかのようにあつかわれた。

しかもブレンダは、ふつうのいじめっ子とは一線を画していた。ふつうのいじめっ子は嫉妬《しっと》心の強い単細胞《たんさいぼう》だが、ブレンダは美人のうえ、頭もよく、その容姿《ようし》と頭脳《ずのう》でなんでも手に入れていた。たとえば、ブレンダは腕力自慢《わんりょくじまん》のいじめっ子ではない。運動場には、ブレンダの完ぺきな歯をやすやすとへし折れる者ばかりいる。けれどブレンダは相手の勢《いきお》いをそぐ技《わざ》を持っていた。わざわざ暴力《ぼうりょく》をふるったり、物をくすねたりしなくても——暴力《ぼうりょく》も盗《ぬす》みも、ブレンダにはあたりまえのことだったが——軽くにらむだけで、相手を意のままに動かせるのだ。ウィリアムもブレンダに軽くにらまれるだけで全身が震《ふる》え、そのたびに情《なさ》けなくて、打ちひしがれるのだった。

たまたま車いすに足を轢《ひ》かれて以来、ブレンダはウィリアムをいじめるのが生きがいのように、ひどいことばかりした。

たとえば——。授業中《じゅぎょうちゅう》、後ろからそうっと近づいて、車輪のタイヤに針《はり》を刺《さ》し、車いすをパンクさせた。冬になると毎朝一時間早く登校して、車いす用のスロープに水をかけた。そのせいでウィリアムが登校するころには、スロープはすっかり凍《こお》りつき、車いすではとてものぼれない。ウィリアムは先生たちに階段《かいだん》の上まで運んでもらわなければならず、たまらなく恥《は》ずかしい思いをした。

ブレンダの最大の得意技《とくいわざ》は、投《な》げ技《わざ》だ。

転校初日のブレンダに皿を投げつけられただけに、ウィリアムはブレンダの腕前《うでまえ》をいやというほど知っていた。狙《ねら》いはたしかだし、おそろしく遠くからでも投げられる。ブレンダは自分の才能《さいのう》をぞんぶんに発揮《はっき》し、運動場のはるか向こうからウィリアムの車輪のスポークへと、棒《ぼう》切《き》れを投《な》げ槍《やり》のようにまっすぐ投げた。棒《ぼう》切《き》れがとつぜん車輪をとめれば、車いすも急にとまる。けれどウィリアムはそうはいかず、つんのめって投げだされ、ペイン軍団《ぐんだん》――かつての友だちで、いまはブレンダのとりまきだ――の笑い声を聞きながら、尻《しり》をついてすべるしかない。

それが五回もくりかえされたあと、ウィリアムはせめて投げだされないようにと、車いすにシートベルトをつけた。

以前のウィリアムは、毎日元気にベッドから車いすへと移動《いどう》して、学校へ飛んでいった。けれど、いまはちがう。いまのウィリアムは、朝、目をさまして車いすを見ると、暗い気分でため息をつき、心の中でつぶやく――今日はブレンダから、どんな意地悪をされるだろう？

ブレンダからはありとあらゆる意地悪をされたが、なかでも最悪の意地悪は、十二月のはじめ、雪のふる金曜の午後に起きた。奇《く》しくもそれは、はるか遠くの北極で、クリスマスサウルスがふさぎこんでいたのと同じ日だった。

その日、ブレンダは棒《ぼう》切《き》れも針《はり》も使わず、最強の武器《ぶき》を使った。

そう、言葉だ。

授業中《じゅぎょうちゅう》、ドリブルポット先生がトイレで席を外した。当然ながらブレンダは、ウィリアムにみじめな思いをさせるチャンスをぜったい逃《のが》さない。このときも先生がドアをしめるやいなや、ウィリアムの頭をめがけて、黒びかりするホチキスをひとつ、教室の向こう側から投げつけた。ウィリアムは教科書でふせごうとしたが、ホチキスの勢《いきお》いが強すぎて、教科書が顔にはりつき、ホチキスで額《ひたい》にとまってしまった。

それを見て、爆弾《ばくだん》でもはじけたように、どっと笑い声があがる。

その瞬間《しゅんかん》、ウィリアムは我慢《がまん》の限界《げんかい》を超《こ》えた。それだけはだめだとわかっていても、どうにもならない。

とうとう、泣きだしてしまった。

「ああら、泣いてるの？」

ブレンダが、かわいい顔に底意地の悪い笑みを浮《う》かべていった。

「ち、ちがう！」

ウィリアムは急いでほおの涙《なみだ》をぬぐい、額《ひたい》に刺《さ》さったホチキスの芯《しん》を引きぬいた。

「泣いてるじゃないの。ちょっと、みんな、泣いてるわよ。ほら！」

ブレンダが声をはりあげ、教室全体がさらにわいた。といっても、おもしろがっている子はいない。ブレンダがこわくて、笑っているだけだ。

ブレンダは、さらにあおった。「泣き虫、弱虫。ママに、えーんって、泣きつけば？」

ふいに笑い声がぴたっとやんだ。教室のあちこちで、ささやき声が飛びかう――知らないんだ、ブレンダは。

「知らないって、なによ？」と、ブレンダ。

「ウィリアムには、ママがいないんだ」クラスで一番のっぽのフレディーが、教室の奥《おく》から声をあげた。

「ママがいない？」

「パパとふたり暮《ぐ》らしなの」ブレンダが登場する前はウィリアムの友だちだったローラが、大声でいう。

ブレンダは少し間をあけて、またにやりとした。

「へーえ、かわいそうねえ、あんたのパパは」きれいにカールした髪《かみ》にエンピツを巻《ま》きつけながら、つづけた。「車いすの子と暮《く》らすんだもの。学校に連れていくのも一苦労よ。ほんと、大変よねえ。どこへ行くにも、車いすをおさなきゃならないなんて。ねえ、親のお荷物になった気分じゃない？　あたしだったら、そう思うわ。あーあ、よかった、あんたみたいじゃなくて」

ウィリアムは罵声《ばせい》を浴びせたくなるのを必死にこらえ、くちびるを強くかんだ。どなったところで、涙《なみだ》がこぼれるだけだ。

「あんたのパパって、いつも孤独《こどく》よねえ。まあ、おかしな人だものね。クリスマス柄《がら》のセーターを年中着ているんだもの。いまでも、赤ちゃんみたいに、サンタを信じているんでしょ。そんな人と、どこのだれが結婚《けっこん》するわけ？　クリスマス柄《がら》のセーターと、車いすの息子《むすこ》よ。あんたのママになりたいなんて、そんな物好き、いるわけないわ」

ブレンダは吐《は》きすてるようにいいはなつと、脚《あし》をのばし、わざとらしくあくびした。だれもがあぜんとし、静まりかえった教室の沈黙《ちんもく》をやぶったのは、トイレからもどってきた先生だった。

その日の午後、終業のベルが鳴ったとき、ウィリアムの頭の中ではブレンダの言葉がずっと響《ひび》いていた。正門の向こうをのぞくと、わが子がかけよってくるのを幸せそうに待っているパパたち、ママたちがいる。

そのなかに、ウィリアムはボブを見つけた。ボブは疲《つか》れているように見えた。ほかの親たちはグループになっておしゃべりしているが、お気に入りの――しかもお手製《てせい》の――クリスマス柄《がら》のセーターを着たボブは、正門の片側《かたがわ》にぽつんとひとりで立っている。

車いすでボブに近づくウィリアムの耳に、ほかの親たちの声が飛びこんできた。

「ジャッキー、この間のローストビーフ、おいしかったわ」

「ピート、クリスマスパーティーを楽しみにしてるよ」

「じゃあ、ジャニー、明日《あす》の朝、またジョギングでね」

幸せそうな親子をながめるうち、ウィリアムの腹《はら》のなかで妙《みょう》な感覚が、排水口《はいすいこう》へ流れていく水のように渦《うず》まいた。それは、むなしいという感覚だった。これまで一度も感じたことがなかったのに、いったん意識《いしき》すると、ずっと前から腹《はら》の中にあったような気がしてくる。

「おかえり」ボブが、にこやかに笑いかけてきた。

けれど、むなしさにとらわれたウィリアムは、無言でボブの脇《わき》を通りぬけた。

ひょっとして、ブレンダのいうとおり？　父さんは、孤独《こどく》なの？　なぜ、ほかのパパやママと友だちにならないんだろう？

ボブがパーティーに出かけたり、散歩に行ったりした覚えはなかった。ボブがだれかとコーヒーを飲んだ記憶《きおく》すらない。

なぜ父さんは、母さんが死んだあと、再婚《さいこん》しなかったんだろう？　クラスメートには、義理《ぎり》のパパやママのいる子がおおぜいいるのに。

ひょっとして、ぼくがこんな体だから？　ぼくのママになりたいなんて、そんな物好きはいないから？

ぼくは、みんなとはちがうんだ――。ウィリアムは、これまでになく強く思った。ひどく孤《こ》独《どく》で、後ろめたかった。

ブレンダは、ウィリアムの頭に残酷《ざんこく》な言葉を植えつけた。その腐《くさ》った種のような言葉は、残《ざん》酷《こく》な考えに育とうとしていた。

その考えを、このあとブレンダが、ショッキングな方法で中断《ちゅうだん》することになる。

第9章 ブレンダの仕打ち

その日の帰り道、ボブがスーパーマーケットに立《た》ち寄《よ》ったので、ウィリアムはお気に入りの売り場にまっすぐ向かった。どれを買って帰ろうかと、何時間でも楽しく選んでいられる、朝食用シリアルのコーナーだ。

お気に入りはチョコレート風味のフロスト味か、フロスト風味のチョコレート味。けれどボブはいつも、フルーツと穀物《こくもつ》の多いシリアルにしろという。

いやだよ、そんなの。鳥のエサじゃあるまいし——。

この日のウィリアムはむなしさにとらわれ、孤独《こどく》な父さんのことも心配で、シリアルコーナーの通路を端《はし》から端《はし》まで行ったり来たりするだけだった。それが七回目に達したとき、背後《はいご》でクスクス笑う声がした。

あわてて車いすを回転させ、長い通路に目をこらしたが、だれもいない。

あれ？　変だなあ。

ふいに、走って通りすぎる足音がした。だが音のしたほうへ車いすを回転させるころには、音の主《ぬし》は消えていた。

「あのう、だれかいます？」呼《よ》びかけてみたが、返事はない。

ボブをさがしに行こうとしたとき、目の隅《すみ》に奇妙《きみょう》な光景がうつった。通路の向こう端《はし》から、白くてふわふわしたものが、猛《もう》スピードでせまってくる！

な、なんだ、あれは？

見当もつかなかった。似《に》たものを見たこともない。ふらつきながらつねに形を変えている、大きくて、白くて、宙《ちゅう》に浮《う》いた物体だ。湿《しめ》り気《け》のある、太った幽霊《ゆうれい》とか？

ウィリアムはショックで動けず、途方《とほう》にくれ、ひたすら見ていた。その間にも、不気味な白い物体は、ぐんぐん、ぐんぐん、せまってきて――。

バッシャーン！

ウィリアムの顔を、空飛ぶ巨大《きょだい》な物体が直撃《ちょくげき》した。それは二倍にふくれあがった、デザート用の濃厚《のうこう》なクリームだった。

とにかく、量がべらぼうに多い。みんなが想像《そうぞう》した量を倍にふくらませ、さらに少しつけたしても、まだ足りないくらいだ。

ウィリアムは、頭の先から足の先までクリームまみれになった。見た目は、おいしそうな幽《ゆう》霊《れい》だ。

しかも、それだけではすまなかった。クリーム波の衝撃《しょうげき》はすさまじく、ウィリアムは車いすごと、クリームだらけの床《ゆか》を猛《もう》スピードで後ろへスリップし、とうとう棚《たな》に激突《げきとつ》した。

好物のフロスト風味チョコレート味の箱がひしゃげて、衝撃《しょうげき》をやわらげてくれた。だが転げおちた箱が別の箱にぶつかり、その箱も次々と別の箱にぶつかって、シリアルの箱がいっせいにドミノのようにくずれだした。落ちた箱がなだれを起こし、大量のフレークとコーンとオート麦の粉がもうもうと立ちこめる。

前代未聞の異常事態《いじょうじたい》に、買い物客たちはこぞって非常口《ひじょうぐち》へと走っていった。

ウィリアムは、その大騒動《おおそうどう》の渦中《かちゅう》にいた。二倍にふくれあがったクリームに全身くるまれ、あらゆるシリアルがはりついた状態《じょうたい》で、すわっていた。

ようやく終わった、とウィリアムが思ったそのとき、異常《いじょう》な量の全粒粉《ぜんりゅうふん》が飛散したせいでスプリンクラーが作動し、冷水がいっせいに降《ふ》ってきた。その結果、大量の水とクリームがあわさって、スーパー全体が世界一巨大《きょだい》な器に入ったシリアルと化した。十分もたたないうちにギネスの担当者《たんとうしゃ》がかけつけて、世界一に認定《にんてい》し、壁《かべ》に記念のプレートをつけたくらいだ。

ウィリアムは、わかっていた。スーパーでシリアルを選んでいる最中に、大量のクリームを投げつけてくる人物など、この世にひとりしかいない。

はたして、スプリンクラーの水で目の中のクリームが流され、視界《しかい》が晴れた瞬間《しゅんかん》、楽しそうにスキップしながら非常口《ひじょうぐち》へと消えていく、ブレンダのカールした長いブロンドの髪《かみ》が見えた。


ボブはずぶぬれになったウィリアムの車いすをおして、家へと向かった。人がおおぜい行きかう通りでは、降《ふ》りしきる雪の中、クリスマスシーズンらしく目を輝《かがや》かせた子どもたちが、パパやママと楽しげに歩いている。

けれどウィリアムは、どうしようもなくふさぎこんでいた。気分が悪いとか、悲しいとか、そんなものより質《たち》が悪い。自分の気持ちをわかってくれる人など、世の中にはいない。なにもかもうまくいかない。そんな気がしてくるのだ。

たとえば、チーズがたっぷり入った、ほっぺたが落ちるほどおいしい、最高のチーズバーガーがあるとしよう。それを食べたとしても、ちっともおいしいと思えないくらい、ウィリアムはふさぎこんでいた。

だれでも、ふさぎこむことはある。あたりまえのことだ。けれど、クリスマスシーズンに子どもがふさぎこむなど、あってはならない。それこそ、八方ふさがりだ！

いまのウィリアムは、クリスマスなどどうでもよかった。それどころか、すべてのことに関心がなかった。家に帰って寝《ね》られれば、それでよかった。

ボブもウィリアムも心配事に気をとられ、とぼとぼと家に向かっていた。

まさか、背後《はいご》の闇《やみ》からふたりを見つめる者がいるとは、夢《ゆめ》にも思っていなかった。

ウィリアムは、何者かにつけられていたのだ。

第10章　ウィリアムの願い

その晩《ばん》、ウィリアムは、おんぼろのせまい家で食卓《しょくたく》についていた。ボブが用意したのは、ウィリアムの好物のパン粉をつけたスティック状《じょう》の魚肉と、カリカリサクサクのワッフルポテト、インゲン豆のトマトソース煮《に》添《ぞ》えだ。しかし、ウィリアムにはちっともおいしそうに見えない。

「父さん、ぼく、おなかが空いてないんだ。早めに寝《ね》てもいい？」

ボブは子どもを心配する親らしい顔でウィリアムのほうを向いたが、不安を見せまいとした。

「もちろんだとも、ウィリー坊《ぼう》や」ウィリアムをほほえませたくて、わざとウィリー坊《ぼう》やといってみる。

「もう、父さんったら、いいかげんにして！　なんでうちは、ほかの家とちがうんだよ？」

ウィリアムは吐《は》きすてるようにいうと、食卓《しょくたく》をはなれ、ダイニングから廊下《ろうか》に出て、リビングの隣《となり》の寝室《しんしつ》へと移動《いどう》した。食卓《しょくたく》もダイニングも廊下《ろうか》も寝室《しんしつ》も、なにもかもがいやだった。

ベッドのすぐとなりに車いすをつけて、ベッドに移動《いどう》した。恐竜模様《きょうりゅうもよう》のベッドカバーの上にすわり、体をくねらせて服をぬぎ、お気に入りの恐竜模様《きょうりゅうもよう》のパジャマに着がえてから、寝《ね》る前に読むお気に入りの本を枕《まくら》の下からとりだした（恐竜《きょうりゅう》とおならと地球が出てくる、たわいない物語だ）。ブレンダが登場し、車いすが苦痛《くつう》の種になってからは、恐竜《きょうりゅう》だけが元気の源《みなもと》だった。

そのとき、ボブがウィリアムの好物のチョコレートチップ・クッキーの箱とホットミルクの大きなマグを持って、寝室《しんしつ》の戸口にあらわれた。クッキーとホットミルクを見たとたん、ウィリアムはふさいでいた気分がだいぶ晴れた。

数分後、たわいない物語を読みおえて、クッキーも食べおわり、ホットミルクをわけあって飲みはじめたとき、ボブがいった。

「ウィリー、今年《ことし》はサンタになにをお願いするか、もう決めたかい？」

ウィリアムは口のまわりのミルクをぬぐい、急にまた、気持ちが少しふさいだ。

「ん？　ウィリー、どうしたんだい？」

「うん……ええっとね……その……サンタは、ぼくの今年《ことし》の願いをかなえられないと思うんだ」ウィリアムの声は悲しそうだった。

ウィリアムがそういうのは、なにも今年《ことし》が初めてじゃない。けれど今年《ことし》のウィリアムは、恐竜《きょうりゅう》のポスターに熱い視線《しせん》を注いではいなかった。腹《はら》の中のむなしさは、もっとすてきなものがほしいといっている。

ウィリアムは、ベッドの端《はし》に腰《こし》かけたボブを見あげ、その隣《となり》の〝空席〟へ視線《しせん》をうつし、最後に自分の脚《あし》を見て、悲しそうに深々《ふかぶか》とため息をついた。こんな体でさえなければ——。生まれてはじめて、そう思った。ぼくの脚《あし》がこんなでなければ、なんの問題もないのに——。

ボブはウィリアムに布団《ふとん》をかけると、寝室《しんしつ》の隅《すみ》の机《つくえ》から、恐竜模様《きょうりゅうもよう》のノートと一本のペンをとりあげた。

「それはだな、ウィリー、きっとサンタへのお願いがまちがっているんだ。寝《ね》る前に、本当にほしいものはなにか考えて、サンタに手紙を書いてごらん」

ウィリアムは、まだ少しもやもやしていた。いいたいことがあるのに、うまい言葉が見つからない。けれど伝えるのがむずかしいことほど、意味があるものだ。そこで、息を吸《す》って切りだした。

「あのね、父さん……」

「うん？」ボブは、クッキーのかけらが残ってないかと、箱をのぞいている。

「父さんは……孤独《こどく》なの？」

ボブはおどろいて、手をとめた。

「おいおい、ウィリー坊《ぼう》や……じゃなくて、ウィリー。なぜ、そんなことをいいだすんだい？」声が、かすかにふるえている。

「えっとね、それは……その……ずっと考えてたんだけど……父さんは、ぼくの世話に追われてばかりいるよね。ぼくが、こんな体のせいで」

「父さんは、好きでやっているんだ」ボブがぴしゃりという。

「でも、父さんはそれでいいの？　本当に、それで幸せ？」

「ああ、クリスマスツリーの飾《かざ》りよりも、ピッカピカに幸せだぞ。そんなくだらない話は、二度とするんじゃない」

少しの間、沈黙《ちんもく》が流れる。

ウィリアムは、壁《かべ》や棚《たな》の写真をつぎつぎと見ていった。どの写真も、写っているのはふたりだけ。ウィリアムとボブだけだ。

「よし、ウィリー、寝《ね》る前にもうひとつ、話をしてやろう。どんな話がいい？」

「あの話がいい。エルフとサンタと北極の話」ボブが一番得意な話だ。けれどボブが話しはじめると、ウィリアムの心はまた、さまよいはじめた。今日の午後、ブレンダにいわれた言葉が、胸《むね》につきささっている――いまでも、サンタを信じているんでしょ！

「ウィリー、なにを考えているんだい？」

「あのね、いまの話なんだけど……本当なの？　実話？　それとも……作り話？」

ウィリアムは、おずおずとたずねた。

ボブは、鼻にちょこんと乗せた、汚《よご》れっぱなしの丸い眼鏡《めがね》ごしにウィリアムを見つめ、待っていたかのように、やさしくほほえみかけた。

「うん、ウィリー、いい質問《しつもん》だ」ベッドにくつろいだ姿勢《しせい》ですわりなおし、自分の胸《むね》に片手《かたて》をあてる。真実を語るときに、かならず見せる仕草だ。「父さんはな、本当だと信じているぞ。信じているから、本当なんだ」

「でもさ、どうしてそういえるの？」ウィリアムは、もっと知りたくてたまらなくなった。

「一度も見たことがないものを、どうして本当っていえるの？」

「おやおや、ウィリー、それはあべこべだぞ」ボブは、ほほえみを絶《た》やさずにいった。「信じることのほうが先だ。信じない者は、未来永劫《えいごう》、ぜったい見えない。信じるからこそ、見えるんだ」

ウィリアムは、まだ納得《なっとく》のいかない顔をしていた。

「でもさ、父さん、クラスメートには、サンタを信じていない子もいるよ。ぼくがサンタを信じていても、ほかの子が信じていなかったら、どうなるの？　正反対のことを信じていたら、両方正しいわけないよね？」

ボブはしばらく考えこんでから、ふいにマグをとりあげ、濃厚《のうこう》なホットミルクを半分飲んで、口をぬぐった。

「さて、ウィリー、このマグの中をのぞいてごらん。なにが見える？」

「なにって……父さんが半分飲んじゃったから、半分しかないミルクだよ」おいしいミルクを半分も飲まれてしまって、ウィリアムは少しむっとしていた。

「本当にそうかい？　半分しかないって、信じてるのかい？」

「もちろん、信じてる。見ればわかるよ」

「ほーう、父さんはそんなこと、ぜんぜん信じないけどな」

ウィリアムは、きょとんとした。父さんは、頭がおかしくなっちゃったの？　マグの中身は、どう見ても半分しかない。一目瞭然《いちもくりょうぜん》で、見まちがえようがない。

「父さんは、まったくちがうことを信じてるぞ」ボブは、かすかにほほえみながらつづけた。

「ミルクは半分しかないとは信じない。まだ半分あるって信じるんだ」

ウィリアムは少しの間、目の前のマグを見つめ、父さんのいうことは正しいのかもしれないと思うようになった。ぼくと父さんは信じることが正反対だけど、どっちも正しいってことか――。

「ほらな、ウィリー、信じることが正反対でも、どちらかがまちがっているとはかぎらない。マグのミルクは半分しかないが、同時にまだ半分あるんだからな」

ウィリアムの顔には、心にひろがる驚《おどろ》きが、そのままあらわれていた。

「いいか、ウィリー、人はみな、とほうもないことやおかしなこと、ふしぎなことや夢《ゆめ》のようなことを、いろいろ信じている。でも、だからといって、だれかがまちがっていて、だれかが正しいということにはならない。大切なのは、なにが正しくてなにがまちがっているかとか、なにが本物でなにがにせものかとか、なにが本当でなにがうそかとか、そういうことじゃない。なにを信じているにせよ、大切なのは、それを信じることで、まっとうで幸せな人間になれるかどうかだ」

ウィリアムは真剣《しんけん》に聞いていた。

「でもさ、父さん、信じたものが本当は存在《そんざい》していないとしたら？　ないものを信じることになっちゃわない？」

「ないものを信じるほうが、なにも信じないよりましだ。いいかい、ウィリー、信じる心こそが、不可能《ふかのう》を可能《かのう》にする。絶対《ぜったい》ありえないことを、断然《だんぜん》ありえるようにするんだ。それにだな、ウィリー、なにを信じるにせよ、信じていればそれが事実になる。父さんはミルクが半分あると信じたから、それが事実になった。おまえはミルクが半分しかないと信じたから、それが事実になった。おまえも父さんもまちがっていないが、どちらのほうが幸せか、わかるだろう？」

ボブはそうしめくくると、半分しかないけれど、半分はあるミルクのマグを、ウィリアムにわたした。

「ありがとう、父さん」

ウィリアムは心まであたためてくれるホットミルクを一気に飲みほすと、マグをベッド脇《わき》のテーブルに置いた。そしてサンタに手紙を書こうとペンをとり、ふと手をとめた。

「ええっとさ、父さん、もしもだよ、その箱にチョコレートチップ・クッキーがあと一枚《まい》残ってるって本気で信じたら、どうなる？」全部食べたとわかっているので、にやりとする。

ボブは空っぽの箱をのぞいて、首をふった。

「ううむ、ウィリー、さすがにそれは、信じるだけではむずかしいな」

ボブは身を乗りだし、片手《かたて》を枕《まくら》の上に置いて、ウィリアムにおやすみのキスをした。

「サンタへの手紙を書きおわったら、寝《ね》るんだぞ。手紙は明日《あす》の朝、出しに行こう」

ボブは寝室《しんしつ》を出ていこうとして、戸口で足をとめた。

「ウィリー、もし父さんに幸せになってほしいなら、おまえが幸せになるものをサンタにお願いしてごらん。昔からずっとほしかったものを書くんだぞ。じゃあ、おやすみ」

サンタになにをお願いしよう？　ウィリアムは、ベッドにすわったまま、えんえんと考えた。考えすぎて、しまいには頭が痛《いた》くなってきた。部屋《へや》を見まわし、恐竜《きょうりゅう》のポスターに目をとめた。ヒントがほしくてポスターを見つめていると、今度は顔が痛《いた》くなってくる。窓《まど》にうつった自分の顔をちらっと見て、はっとした。

あれ、ぼく、ほほえんでる。こんな笑顔《えがお》、ひさしぶりだなあ――。

ウィリアムは願いごとを決めて、サンタへの手紙を書きはじめた。

サンタさんへ
今年《ことし》のクリスマスのお願いは、無理なものばかりだと思います。でも、もし恐竜《きょうりゅう》を一頭もらえたら、とってもうれしいです！

メリークリスマス　ウィリアム・トランドルより

手紙を半分に折り、ベッド脇《わき》のテーブルに置いて、恐竜《きょうりゅう》の傘《かさ》をかぶったランプを消した。布《ふ》団《とん》の下にもぐって頭を枕《まくら》においた瞬間《しゅんかん》、ほおになにかがあたった。見れば、枕《まくら》の上にチョコレートチップ・クッキーの最後の一枚《まい》が置いてある。

「ありがとう、父さん」

ウィリアムは笑顔《えがお》でささやくと、クッキーを食べて、眠《ねむ》りについた。

第11章　監視《かんし》

翌朝《よくちょう》、ウィリアムは昨晩《さくばん》ほどふさぎこまずに目がさめた。今日は、サンタへの手紙をポストに投函《とうかん》するという楽しみがある。しかもそのあと、世界一大好きな場所に行く。

大好きな場所とは、博物館だ。

ウィリアムは、物心がついたときから、博物館が大好きだった。博物館のギフトショップでボブがアルバイトをしていて、恐竜《きょうりゅう》ステッカーを無料でもらえるせいもあるが、ウィリアムにとって博物館は最高の夢《ゆめ》の世界だった。

気持ちがふさいだとき、現実《げんじつ》世界から逃《のが》れられる場所は博物館しかない。博物館なら、恐竜《きょうりゅう》の巨大模型《きょだいもけい》や、恐竜《きょうりゅう》の本物の骨《ほね》や骨格《こっかく》を見られる。友だちがこぞって自分を見捨《みす》てて、ブレンダのペイン軍団《ぐんだん》に仲間入りしたことも、博物館にいれば気にならない。それどころか、ひとり

きりになれる。好きなだけゆっくり見てまわれるし、恐竜《きょうりゅう》だらけの想像《そうぞう》の世界にひたっていられる。もちろん今日も、そのつもりだ。

ボブは、ウィリアムの車いすをおして家の外に出た。家は、すすけた煙突《えんとつ》も、ちまちました花壇《かだん》も、すべてクリスマス用の色とりどりの豆電球で飾《かざ》ってある。鍵《かぎ》をかけ、玄関《げんかん》からスロープで歩道におりると、車いすをおして町の中心へと向かった。ウィリアムは、サンタへの手紙をにぎりしめている。

白い雪が積もった大きな赤い郵便《ゆうびん》ポストをめざしていると、ひとりの女性《じょせい》とすれちがった。とてもきれいな女性《じょせい》で、ウィリアムは何度か見かけたことがあった。すれちがいざまに、ボブは「メリークリスマス！」と声をかけ、シルクハットを軽く持ちあげて挨拶《あいさつ》するような、たわいのない古風な仕草をしてみせた。だが、その女性《じょせい》は無言だった。それどころか、とがめるように首をふりながら、さっさと通りの反対側に行ってしまった。

「うわっ、感じわるい」と、ウィリアム。

「あれじゃあ、サンタのプレゼントはもらえないな」ボブが、シルクハットを頭にもどす仕草をしながらいう。

ボブとウィリアムは郵便《ゆうびん》ポストへ向かいながら、声をあげて笑いあった。と、ウィリアムが急に車いすのブレーキをかけた。

「おや、どうしたんだい？」ゆっくり止まりながら、ボブがたずねる。

ウィリアムがブレーキをかけたのは、前方にあるものを見て、気がめいったからだった。赤い郵便《ゆうびん》ポストの裏《うら》からちらっとのぞく、きれいにカールしたブロンドの髪《かみ》――。

そう、ブレンダ・ペインだ。

「手紙を出すのは、明日《あした》にしようかな」

ウィリアムは不安をかくせなかった。ブレンダとだけは、ぜったい会いたくない。

「なぜ、先のばしにするんだい？　ポストは、すぐそこなのに」と、ボブ。「さっさと投函《とうかん》して、博物館に行こうじゃないか」

ボブが車いすをおし、郵便《ゆうびん》ポストとブレンダのほうへ近づいていく。

それにしても、ブレンダは郵便《ゆうびん》ポストの裏《うら》にかくれて、なにをしているのだろう？　だれかを待っているのか、そわそわと行ったり来たりしている。

そのとき、ひとりの男の子がお母さんといっしょにポストに近づき、ブレンダが動きをとめてにやりとするのを、ウィリアムは目撃《もくげき》した。その男の子は、いつもランチタイムにおもらしをする、あのグレゴリーだ。

ブレンダがよからぬことをたくらんでいるのが、ウィリアムには手に取るようにわかった。完ぺきな優等生顔《ゆうとうせい》をしているが、ウィリアムはだまされない。ブレンダがなにをするか、しっかり見とどけようと、車いすのスピードを落とした。

手紙を投函《とうかん》しに近づくグレゴリーを、ブレンダはポストの裏《うら》で待ちかまえていた。そして、グレゴリーが投函口《とうかんぐち》へ手をのばしかけた瞬間《しゅんかん》、声をかけた。

「あら、おはよう。それ、サンタへの手紙でしょ、ね？　これから、クリスマスの買い物？　じゃあ、あたしが出しといてあげる」

ブレンダのぞっとするほど甘《あま》い声が、耳に飛びこんでくる。ウィリアムは耳からゲロを吐《は》きそうになった。

「まあ、なんて親切なの」グレゴリーのお母さんは、ブレンダの演技《えんぎ》にすっかりだまされていた。「ほら、グレゴリー、親切なお嬢《じょう》さんに手紙をわたして、お礼をいいなさいな」

「えっ……あの、ありがとう」グレゴリーは手紙をわたしながら不安そうに礼をいうと、お母さんといっしょに角を曲がって消えた。

そのとき、ウィリアムはブレンダのたくらみをしかと見た。グレゴリーが視界《しかい》から消えた瞬《しゅん》間《かん》、ブレンダはていねいにグレゴリーの手紙の封《ふう》をあけ、中身をたしかめた。つづいて壁際《かべぎわ》にかくしておいた筆箱をとってきて、表の住所に修正液《しゅうせいえき》をぬり、息をふきかけて液《えき》を乾《かわ》かすと、消した住所の上になにかを書きはじめた。

ひどい。なんてことを！　ウィリアムは、頭にカッと血がのぼった。足が不自由でさえなければ、車いすから飛びおりて、ブレンダを追いかけただろう。

いったい、なにをたくらんでいる？　ぜったい、見すごさないぞ！

「父さん、ぼく、ひとりで手紙を出してきたいんだけど」

ボブはポストのそばにいるブレンダを見て、口元をゆるめ、にやりとした。

「ほーう、なるほど。父さんはお邪魔《じゃま》ってわけか、うん？」

ウィリアムはあきれかえった顔をすると、他人のふりをするボブをその場に残し、車いすでポストに近づき、ブレンダに声をかけた。

「おい」急に、元の自分にもどった気がしてきた。

「ああら、だれかと思えば。ひとりでお外に出ていいの？　車輪がさびたらどうするの？」

ブレンダは、吐《は》き気《け》をもよおすほど愛らしい笑みを浮《う》かべている。

「グレゴリーの手紙になにを書いた？」ウィリアムは、きつい口調でたずねた。

「あら、これのこと？」ブレンダは、すずしい顔だ。「べつに。ただ、最強のプランを思いついただけ」

　ブレンダはウィリアムの視線《しせん》をものともせず、スティックのりで平然とグレゴリーの手紙の封《ふう》をとじて、つづけた。

「去年は、ちょっとがっかりしたのよ。クリスマスの朝、ストッキングの中にプレゼントがなにもなくて。このあたしが、サンタの〈悪い子リスト〉に入ってて、なにももらえなかったってわけ。ちょっと、ビックリじゃない？　ウソって思ったわよ」

　ウィリアムは、ちっともビックリしなかった。

「でね、今年《ことし》はしっかりプランを練ったわけ。今年《ことし》はずーっと良い子にしてたけど。自分ではそう思ってるけど、万が一ってこともあるし。ま、サンタが本当にいればの話だけど。この町には、良い子ぶってる子がおおぜいいるでしょ。サンタの〈良い子リスト〉に、ぜったい入る連中が。そこで、思いついたのよ！」

　ブレンダは、頭の中の音楽にあわせて踊《おど》る、いかれたバレリーナのように、ウィリアムの車いすのまわりを楽しげに、意地の悪い顔でスキップした。

「ふふっ、あたしって、天才！　良い子のみんなの手紙の住所を、あたしの住所に変えちゃえば、プレゼントはぜーんぶ、うちに来る」

なにが悪いといいたげに、こともなげにいいはなつ。

「ね、名案でしょ。良い子だらけの町だもの。身代わりにしちゃえばいいじゃない？　おかげでこっちは、自由の身。一年中、無理して良い子でいなくていい」

もう、たくさんだ！　ウィリアムは怒《いか》りのあまり、顔がむらさき色になっていた。車いすに乗ったまま、いまにも爆発《ばくはつ》してしまいそうだ。

そのとき、少し離《はな》れた背後《はいご》から、やけに明るい声がした。「万事順調かい、ウィリー？」ボブだ。

うん？　いま、**ウィリー**っていった？　よりによって、ブレンダの前で？

ウィリアムは、心臓《しんぞう》がとまりそうになった。ボブがつけた〝ウィリー〟というあだ名が、二十トンもの屈辱《くつじょく》を積んだトラックのように、すさまじい衝撃《しょうげき》でぶつかってくる。大量の屈辱《くつじょく》にまみれて、おぼれてしまいそうだ。

はたしてブレンダは、喜びのあまり、高笑いをしそうになっていた。

「ちょっと、なによ、いまの？　ウィリー？」クックッと笑っている。

「ああ、もう、父さんったら」ウィリアムはうめいた。

「おや？　ここは学校じゃないぞ、ウィリー坊《ぼう》や。ルール違反《いはん》にはならないぞ」

どうだとばかりにボブがいう。

「はあ、ウィリー坊《ぼう》や？　ちょっと、もう、サイコーじゃん」ブレンダが、意地の悪い目に意地の悪い涙《なみだ》をためて、とうとう笑いころげた。「ハハッ、ウィリー坊《ぼう》やなんて、思いつきもしなかった。フフッ、楽しみだわ、学校で――」

「自分だって、他人のクリスマスプレゼントを横取りしたくせに」

ウィリアムは、ブレンダの言葉をさえぎった。〝最強のプラン〟に話をもどせば、〝ウィリー坊《ぼう》や〟から気をそらせるかも――。

「本気でいってる？」ブレンダがきつい声でいう。

「だ……だから……学校で、みんなに……ばらして……」

といっておきながら、ウィリー自身も、子どもじみた浅はかな案としか思えない。

「そんなこと、できっこないわよ、ウィリー坊《ぼう》や。パパが大事なかわいい坊《ぼう》やにつけたあだ名を、学校中に知られたくないならね」

ウィリアムはブレンダをにらみつけた。ブレンダが、にこやかに見つめかえす。

完敗だった。ブレンダは、このまま逃《に》げきる――。

ウィリアムは、サンタにあてた自分の手紙をそでにかくした。この手紙だけは、ぜったいにわたすものか！

「そろそろ行くわね。うちの住所を書いた良い子のお手紙は、もうたくさん投函《とうかん》したから。ストッキング二本分、ううん、三本分のプレゼントをせしめたわ！」ブレンダは、グレゴリーの手紙を郵便《ゆうびん》ポストの暗い投函口《とうかんぐち》にすべりこませた。「じゃあね！　ウィリー坊《ぼう》や」

ブレンダはスキップして離《はな》れつつ、「メリークリスマス！」とボブに愛らしく手をふると、角を曲がって消えた。

ボブは冷えた両手をこすりあわせながら、ポストのそばのウィリアムのもとへ、そそくさと近づいた。

「感じのいい、気さくな子じゃないか。お友だちかい？」

「まさか！　友だちなんかじゃない」

ウィリアムは吐《は》きすてるようにいった。けれどボブは、すべてお見通しといわんばかりに、ほほえんでいる。明らかに、ぜんぜん信じていない。

「よーし、ウィリー、さっさと手紙を投函《とうかん》して、博物館に行こう」

ボブは、寒い外から一刻《いっこく》も早く逃《のが》れたくてしかたない。

ウィリアムはブレンダの最悪なプランをいったん心の奥《おく》にしまいこみ、サンタへの手紙を投《とう》函《かん》する楽しみを味わおうとした。毎年、この瞬間《しゅんかん》が楽しみなのだ。けれど、今年《ことし》はなにかちがう気がした。しかもなぜか、ブレンダが原因《げんいん》とは思えない。

ふと、ウィリアムは奇妙《きみょう》な感覚をおぼえた。だれかに見られているような感覚だ。腕《うで》とうなじの毛が、いっせいに逆立《さかだ》った。何枚《まい》も重ね着しているのに、ぞくっとする。

なんともいえず、ぶきみだ。

「おや、投函《とうかん》しないのかい？」と、ボブ。

ボブに車いすから抱《だ》きあげられ、エサを待つ強欲《ごうよく》な口そっくりの投函口《とうかんぐち》へ近づきながら、ウィリアムはみょうな寒気を心の奥底《おくそこ》にしまいこみ、手紙を投函《とうかん》した。あまり音がしないところからすると、ポストの中は満杯《まんぱい》のようだ。町中の良い子の手紙が――ブレンダの住所に書きかえられた手紙が――ぎっしりつまっているにちがいない。

車いすに落ちついた瞬間《しゅんかん》、またしてもだれかの視線《しせん》を感じ、ウィリアムは周囲を見まわした。

「うん？　どうしたんだい？」ボブが、けげんそうにたずねる。

周囲には、だれもいなかった。自分の家まで見とおせるが、通りはがらんとしていて、人っ子ひとりいない。気のせいか――。

「なんか、だれかに見られている気がして……でも、思いちがいかな」

ウィリアムはそういうと、ボブといっしょにポストを離《はな》れ、博物館へと向かった。

このとき、ウィリアムは腕《うで》とうなじの毛が逆立《さかだ》ったことに、もっと注意をはらうべきだったのかもしれない。なぜなら、毛はウソをつかないからだ。もし腕《うで》とうなじの毛が逆立《さかだ》ち、ぞくっとして鳥肌《とりはだ》が立ったら、まちがいない。

ぜったい、だれかに見られている。

ウィリアムは手紙をポストに入れたとき、暗い投函口《とうかんぐち》から自分を見つめる不気味な目を見落としていた。

そう、ポストの中に人がいた。何者かが、かくれていたのだ。

しかもそいつは、まちがいなく、ウィリアムを監視《かんし》していた。

第12章　恐竜《きょうりゅう》のぬいぐるみ

手紙がとどいた
とどいたよ
さあ、さあ、働く
季節だよ
眠気《ねむけ》をさまして
眼鏡《めがね》をかけて
良い子と悪い子
ふるいわけ

「はいはい、わかっておるよ、スノズル」今日もまた世界中の子どもからの手紙を読むために、特大の尻《しり》をふわふわの椅子《いす》にうずめながら、サンタは声をかけた。

いま、北極はあわただしい。それもそのはず、十二月だ。世界中から子どもたちの手紙がどっさりとどくうえ、古くてねじれたクリスマスツリーが、魔法《まほう》の莢《さや》を上下左右、四方八方にまきちらす。毎日、植える係のエルフたちは雪原にせっせと種をまき、掘《ほ》る係のエルフたちはすでに一回目のおもちゃを回収《かいしゅう》するため、すでにせっせと掘《ほ》っている。

先週だけで、エルフのパンケーキの消費量は二倍にふえた。その量の増《ふ》えかたがおとろえる気配は、いっこうにない。

いっぽうクリスマスサウルスは、毎晩《まいばん》、練習飛行する魔法《まほう》のトナカイたちをながめてばかりいた。まわりがクリスマスの準備《じゅんび》に追われるなか、トナカイたちをながめては、ぼくもいつか空を飛びたいなあ、と空想にふけっていた。

けれど、すべてをゆるがすような事件《じけん》が、いまにも起きようとしていた。きっかけは一通の手紙。あのウィリアム・トランドルからの手紙だ。

サンタは、さっきスノズルが机《つくえ》の上に積みあげた手紙の、一番上の手紙をひらき、いつものように読みあげた。

「サンタさんへ。今年《ことし》のクリスマスのお願いは、無理なものばかりだと思います。でも、もし恐竜《きょうりゅう》を一頭もらえたら、とってもうれしいです！　メリークリスマス。ウィリアム・トランドルより」

古くてねじれたクリスマスツリーは、なんと反応《はんのう》しなかった。

サンタは顔をしかめ、二度、三度とウィリアムの手紙を読みあげ、あごひげを引っぱって、さらに一回読みあげた。しかし、いくらくりかえしても、古くてねじれたクリスマスツリーは莢《さや》をつける気配がない。

ひょっとして、手紙の内容《ないよう》があいまいすぎるせいか？

「ううむ……この子は、具体的に、どんな恐竜《きょうりゅう》がほしいのだろう？　本物か？　いやいや、まさか。本物をほしがる子など、いるわけがない。では、おもちゃの恐竜《きょうりゅう》か？　恐竜《きょうりゅう》のぬいぐるみ？　リモートコントロールの恐竜《きょうりゅう》ロボット？　ふうむ、可能性《かのうせい》はいくらでもある。スノズル、おまえはどう思う？」

キャンディー棒《ぼう》を溶《と》かした温かいジュースをすすりつつ、サンタはスノズルにたずねた。

サンタがくりかえし読みあげるウィリアムの手紙をずっと聞いていたスノズルは、ぽろっと感想をもらした。「なんだかさ、その子、メチャクチャ、落ちこんでそう」

サンタは顔をしかめた。スノズルにしてはリズム感が悪い！　ため息をつき、大きな手で手紙をつかんだ。あごひげのすき間から大きく息を吸《す》って、心を落ちつかせ、空色の目をとじ、目玉を頭のほうへ動かす――。

数秒後にはウィリアムについて、すべての情報《じょうほう》をつかんでいた。これも、サンタの特技《とくぎ》のひとつだった。

サンタの頭の中に、ウィリアムのこれまでの人生がぱっと浮《う》かんだ。ウィリアムの家族のこと。幼《おさな》いころの事故《じこ》のこと。車いす生活で、恐竜《きょうりゅう》が大好きで、最近はずっとふさぎこんでいること――。

「ううむ、ずいぶんつらい思いをしておるな。よし、この子には、ウルトラスペシャルなプレゼントをしてやろう」

サンタはさっと立ちあがると、巨大《きょだい》な作業台の上の散らかったものを一気に腕《うで》ではらい落とし、ふたりのエルフを呼《よ》んだ。

「スプラウト！　スパッド！」

次の瞬間《しゅんかん》、スプラウトとスパッドはどこからともなく、サンタのすぐ横にあらわれた。ふたりとも、バターをぬったパンケーキをほおばっている。

「おそいぞ！　わしの道具をとってきてくれ。この子のプレゼントは、わしが作る！」サンタは、おごそかに宣言《せんげん》した。

スプラウトとスパッドは、驚《おどろ》きと喜びがいりまじった表情《ひょうじょう》を浮《う》かべ、同時にさけんだ。「やったぁ！」

サンタはめったにプレゼントを作らない。そんなことはものすごくまれで、特別な事情《じじょう》の時にかぎる。それだけに、サンタお手製《てせい》のプレゼントは、エルフたちが氷床《ひょうしょう》から掘《ほ》りだすどんなプレゼントよりも美しくて、格別《かくべつ》だった。

かつてサンタは、幼《おさな》き日のイングランド女王のために、揺《ゆ》り木馬を作ったことがある。その木馬には、木曜日の夜になると命が宿る魔法《まほう》をかけてあった。

ペルーの王子のために、レーシングカーのおもちゃを作ったこともある。その王子は、毎年〈悪い子リスト〉入りすれすれの、とんでもないわんぱく坊主《ぼうず》だった。サンタは王子を〈悪い子リスト〉に入れて、見なかったことにするかわりに、王子がいたずらをするたびにどんどん小さくなるよう、レーシングカーに魔法《まほう》をかけた。いたずらをやめなければ、レーシングカーはいずれ完全に消えてしまう。おかげで、王子のいたずらはとまった。

このように、サンタはとても頭が良い。

スプラウトとスパッドは部屋《へや》を飛びだし、数秒後、ひとつの大きな道具箱をふたりで背負《せお》ってもどってきた。その道具箱は、バネや歯車、胸当《むねあ》てや瓶《びん》など、サンタだけが使い方を知っているいろいろな道具で、あふれかえっていた。

「次は、わしがすぐ来いといっていると、クリスマスサウルスにつたえてくれ。さあほら、行くんだ。時間がないぞ」

サンタは、すぐにでもとりかかりたくて、はりきっている。

スプラウトとスパッドはクリスマスサウルスを呼《よ》ぶため、部屋《へや》の外へとダンスしながら、リズミカルにしゃべった。

はいはい、いますぐ
出ていきますよ
恐竜《きょうりゅう》くんを
連れてきますよ

ほどなく、スプラウトとスパッドは、クリスマスサウルスの背中《せなか》に乗ってもどってきた（エルフたちは、クリスマスサウルスの背中《せなか》に乗るのが大好きだ！）。クリスマスサウルスは、サンタに急いで呼《よ》ばれたわけが知りたくて、わくわくしながら舌《した》をひらひらさせている。

「おお、クリスマスサウルスよ、おまえに仕事だ。すぐに、とりかかるぞ」そして、大真面目につづけた。「よいか、そこに立って、じっとしておれ。これからわしは、おもちゃの恐竜《きょうりゅう》を作る。おまえにそっくりの恐竜《きょうりゅう》をな」

　ええっ、サンタが目の前で恐竜《きょうりゅう》を作る！　クリスマスサウルスはおどろいて、目を見ひらいた。サンタがなにかを作ること自体、見るのは生まれて初めてだ。

　クリスマスサウルスはサンタの作業台にのぼると、恐竜《きょうりゅう》のモデルを完ぺきにつとめようと、あごをつきだし、背筋《せすじ》をのばし、雪結晶《ゆきげっしょう》の模様《もよう》が散らばった長いしっぽをぴんとのばした。

「よーし、まずは、特注拡大《かくだい》レンズつき、スーパーズーム機能搭載《きのうとうさい》、ミラクルゴーグルを装着《そうちゃく》せねば」

　サンタは真ちゅう製《せい》のゴーグルを頭に巻《ま》きつけながらいった。ゴーグルをつけると、目がおもちゃの飾《かざ》りのように見えるので、スプラウトとスパッドはクスクス笑った。

「つぎは、手袋《てぶくろ》だ」と、サンタ。

　スプラウトとスパッドが、厚手《あつで》の手袋《てぶくろ》をすばやくサンタの手にはめる。

サンタは道具箱をかきまわしはじめた。道具箱には、おもちゃ作りのための、ありとあらゆる道具がそろっている。人間の世界には存在《そんざい》しないものまである。つめもの棒《ぼう》、ねじまげネジ、ふわっとピンなどなど、なんでもござれだ。だれも知らない道具でも、サンタならきっと持っている。

こうして雪のふりしきる十二月のある日、サンタは恐竜《きょうりゅう》のぬいぐるみ作りにとりかかった。だが、かんたんには作れなかった。それどころか、いままで作ったどの作品よりもむずかしい。徹夜《てつや》で働き、朝、スターとスペックルが運んできた好物のパンケーキのワッフル添《ぞ》えを食べて、また働いた。

クリスマスサウルスは暖炉《だんろ》の火のぬくもりを感じながら、銅像《どうぞう》のようにじっとしていた。エルフたちは、手仕事にはげむサンタをとりかこんで、見まもっている。サンタはけずったり、切ったり、刻《きざ》んだり、縫《ぬ》ったり、片時《かたとき》も休まない。北極カフェのＬＬサイズのコーヒーをひっきりなしに飲むことで、かろうじて起きている。サンタのコーヒーは、たっぷりのタフィーナッツシロップと、トナカイのフレッシュミルク入りだ。

ようやく、サンタがぶあついゴーグルを外した。両目とも、ゴーグルの跡《あと》が黒い輪になっている。

「ふう、完成だ」

サンタはやさしい顔で誇《ほこ》らしげにほほえむと、クリスマスサウルスとエルフたちのほうへ完成品を向けた。

完成したおもちゃの恐竜《きょうりゅう》を見て、エルフたちはみごとに同じタイミングで、いっせいに息をのんだ。サンタの手作りプレゼントのなかでも、最高の出来《でき》だと思ったからだ。たしかにそれは、まちがいなく、最高傑作《けっさく》だった。

クリスマスサウルスは、しびれてピリピリする脚《あし》をふり、よたよたと作業台をおりた。そしてサンタの最高傑作《けっさく》の正面にまわり、手のこんだ完成品と鼻をつきあわせた。

革《かわ》の皮膚《ひふ》はやわらかく、赤い木綿《もめん》の糸でおどろくほど細かく縫《ぬ》ってあった。ふたつの目は、大きな金色のボタンだ。サンタは空を飛ぶときに着るダウンコートに穴《あな》をあけ、アヒルのふわふわのダブルフェザーを半分とりだし、それをつめものに使っていた。サンタのダブルフェザーは、つめものには最適《さいてき》だった。つめた瞬間《しゅんかん》、ダブルにふくらんで、ふわふわのふわふわになる。

最後の仕上げで背中《せなか》に雪結晶《ゆきけっしょう》の模様《もよう》をつけるため、サンタはふらつく足で窓辺《まどべ》に向かい、窓《まど》をあけ、北極の雪を手ですくった。北極の雪は世界一美しい。溶《と》けてしまえばそれまでだが、なんとサンタは雪をそのまま保《たも》てる。

サンタが恐竜《きょうりゅう》のぬいぐるみの背中《せなか》にそうっと雪を散らすと、雪は結晶模様《けっしょうもよう》となってはりついた。エルフたちは、目を見はって拍手《はくしゅ》した。

恐竜《きょうりゅう》のぬいぐるみは、クリスマスサウルスのほぼ完ぺきなコピーだった。エルフの中でも目の悪い者には、恐竜《きょうりゅう》が二頭いるように見えたほどだ。

クリスマスサウルスにとってこれは、初めて見る恐竜《きょうりゅう》仲間だった。生まれて初めて、仲間がいるのがどんなものか、わかった気がした。みんなとちがうのが自分だけじゃなくなった気がした。

恐竜《きょうりゅう》の友だちができたら、きっとこんな気持ちなんだろうな――。

第13章　クリスマスの前の前の夜

　クリスマスの前の前の夜、北極は上を下への大さわぎになっていた。アドベントカレンダーのチョコレートはほぼなくなり、エルフたちはクリスマスの最終準備《じゅんび》におおわらわだ。だれもが、わくわくしながら、クリスマスを心待ちにしていた——クリスマスサウルスをのぞいては。

　クリスマスサウルスはわくわくしないだけでなく、クリスマスなど来なければいいとまで思っていた。クリスマスイブになったら、大切な宝物《たからもの》をサンタにとりあげられてしまうからだ。サンタはそれを、ウィリアムという名のわがままな子どもにプレゼントしてしまう（クリスマスサウルスは、ウィリアムのことをそう思いこんでいた）。

　サンタお手製《てせい》の恐竜《きょうりゅう》のぬいぐるみを見て以来、クリスマスサウルスはどこへ行くにもぬいぐるみを持っていった。さらに、抱《だ》きしめたくなるほどかわいいぬいぐるみに、モコモコという名前までつけた。

クリスマスサウルスはモコモコをスケートリンクに連れていき、手をつないでいっしょにすべった。クリスマスの名作専門《せんもん》の映画館《えいがかん》では、お気に入りの映画《えいが》を何本も観せた。妖精《ようせい》と雪だるまに引きあわせたり、オーロラの下で鳴き方の指導《しどう》もした。空飛ぶトナカイたちをいっしょにすわってながめられたのは、最高に楽しかった。

ようやく恐竜《きょうりゅう》の友だちを見つけた、とクリスマスサウルスは思っていた。生まれて初めて、まわりとちがうのが自分だけではなくなったのだ。モコモコとは、切っても切れない仲となった。

けれど、その仲が引きさかれようとしていた。

クリスマスの前の前の夜、エルフたちは必死にプレゼントをラッピングし、それをつぎつぎと大袋《おおぶくろ》につめこんで、けたはずれに巨大《きょだい》なサンタのそりに一心不乱《いっしんふらん》に積んでいった。わきめもふらずに働きながら、クリスマスの前の前の夜の歌をくりかえし歌いつづけ、その歌声は北極じゅうにとぎれることなく響《ひび》きつづけた。

じつはサンタは、毎年恒例《こうれい》のこの歌に、いいかげんうんざりしていた。そこで、この歌専用《せんよう》の特別な耳栓《みみせん》を開発し、最高傑作《けっさく》の発明品だとひそかに悦《えつ》に入《い》っていた。サンタが耳をふさいだエルフの歌とは――。

クリスマスの前の前の夜
年間ワーストワンの夜
仕事があまりに多すぎて
不安だらけのつらい夜
とても間に合いそうにない
けれどこいつはエルフの仕事だ
もしクリスマスが来ないなら
北極エルフの責任《せきにん》だ

クリスマスの前の前の夜
忙《いそが》しすぎてつらい夜
おもちゃをどっさり抱《かか》えこみ

両手両足つらい夜
けれどエルフは嘆《なげ》かない
エルフたちには歌がある
トナカイをそりにつなぎつつ
歌を歌って用意する

クリスマスの前の前の夜
トイレに行く暇《ひま》すらもない
エルフの指は小さくて
うっかりミスもないではない
けれどエルフががんばれば
サンタが出発できるんだ
サンタを送りだせるなら
おれたちエルフは幸せだ

これは、たった三番までの歌詞《かし》だ。エルフたちが悲痛《ひつう》な声をはりあげて歌うこの歌は、なんと三十八番まである。作業が終わるまでエンドレスに聞かされるだけでなく、えんえんと三十八番まで聞かされるのは、なかなかつらいものがある。

けれど今年《ことし》、つらいといえば、この歌がクリスマスサウルスにとってモコモコとの別れを意味することだった。スプラウトとスノズルがモコモコを回収《かいしゅう》しに行ったが、モコモコもクリスマスサウルスも見あたらず、あちこちくまなくさがしてやっと、空飛ぶトナカイの小屋で見つけた。クリスマスサウルスは、干《ほ》し草《くさ》の山の裏《うら》にモコモコといっしょにかくれていた。

スプラウトとスノズルが干《ほ》し草《くさ》の裏《うら》からモコモコをひっぱりだすと、クリスマスサウルスは小声で悲しげに吠《ほ》えた。恐竜《きょうりゅう》サイズの巨大《きょだい》な涙《なみだ》が一粒《つぶ》こぼれ、うろこだらけのほおで凍《こお》る。

スノズルは、クリスマスサウルスがかわいそうでたまらなくなった。モコモコがどれだけ大切な友だちか、わかったのだ。北極には大のなかよしがおおぜいいるが、恐竜《きょうりゅう》の友だちはどこにもいない。それがどれだけつらいことか、スノズルにはわかっていた。

そこでクリスマスサウルスを軽くなでながら、スノズルはリズミカルにささやきかけた。

ごめん、ごめんよ、ゆるしておくれ

さよならの時が来たんだよ
特別な子へのプレゼントだから
心配しなくていいんだよ
きっとおまえと同じように
大事に愛して、かわいがるさ
ウィリアムという名の男の子には
おまえより友が必要なのさ

スプラウトとスノズルはクリスマスサウルスをぎゅっと抱《だ》きしめて、クリスマスサウルスのお気に入りの場所、サンタの寝室《しんしつ》の暖炉《だんろ》のそばへと連れていった。さらに、悲しげに体を丸めたクリスマスサウルスに子守唄《こもりうた》を歌ってやり、泣きやんで眠《ねむ》りにつくのを見はからって、モコモコをそっととりあげた。そして、モコモコをまだら模様《もよう》の包装紙《ほうそうし》ですばやくくるみ、赤いリボンをかけて、メッセージカードをとりつけた。

ウィリアムへ　サンタより

ラッピングされたモコモコは、大袋《おおぶくろ》に入れられ、プレゼントがつまったほかの大袋《おおぶくろ》とともに、歌を歌う四人のエルフたちの手でそりに積みこまれた。

クリスマスの前の前の夜、夜がふけていくにつれ、そりには大袋《おおぶくろ》が積みあげられ、とうとう家の高さに達した。いや、もっと高いかもしれない。実際《じっさい》に見たら、「ぜったい空を飛べっこない」と、つぶやきたくなるだろう。

ところが、エルフたちには、この問題をみごとに解決《かいけつ》する方法があった。最後の大袋《おおぶくろ》がそりに積まれると、五十人の太ったエルフが大袋《おおぶくろ》の山のてっぺんによじのぼり、ピョンピョンと飛びはねた。そりのはるか上の頂《いただき》で、おかしな祭りでも始めたように見えるが、じつはエルフたちの足元では不思議な現象《げんしょう》が起きていた。

なんと、大量の大袋《おおぶくろ》がつぶれてちぢみ、そりの後部におさまっていく。太ったエルフたちがジャンプするたびに、大袋《おおぶくろ》はどんどん、どんどん、つぶれていき、一時間後には大きく膨《ふく》らんだ袋《ふくろ》がひとつ、サンタの席の後ろの荷物置き場に、きれいにおさまっているように見えた。

やった、準備完了《じゅんびかんりょう》だ！　エルフたちは喜んで、ハイタッチをしながら大はしゃぎした。クリスマスの前の夜は、もうすぐ終わる。あとは、少し休むだけ。出発前にトナカイたちが目をとじて休めるよう、ランタンとろうそくをすべて吹《ふ》き消《け》すと、エルフは全員、巨大《きょだい》なそりのまわりに横たわり、二秒もしないうちに寝入《ねい》っていた。

第14章　秘密《ひみつ》の乗客

クリスマスの前の前の夜、夜更《よふ》けの北極は、完全に動きがとまっていた——ただ一頭の恐竜《きょうりゅう》をのぞいては。

クリスマスサウルスは、暖炉《だんろ》のそばでふっと目ざめた。暖炉《だんろ》の火はすでに消えていて、赤々とした燃《も》えさししかない。寒くて、さびしくて、寝室《しんしつ》を見まわすと、特注の特大ベッドでぐうぐう寝《ね》ているサンタの突《つ》きでた腹《はら》がかろうじて見えた。

あーあ、モコモコがここにいてくれればなあ——。

自分よりもモコモコを必要としている子が、どこかにいるのはわかっている。でも、だからといって、モコモコときっぱりさよならなんて、とてもできない。

とつぜん、クリスマスサウルスはひらめいた。それはやんちゃないたずらだったが、いった

ん思いついたら、なかったことにはできなかった。

もし、最後にあと一回、モコモコをのぞきに行ったらどうなる？　さよならをいうために会いに行ったら？　モコモコは、そりの後部のどこかにいる。ならば、見つけるのはむずかしくないのでは？　いま、会いにいかなければ、二度と会えなくなってしまう。最後に一目会えないなんて、ぜったいいやだ。たえられない――。

静かに、すばやく、ジャンプして立ちあがり、サンタの寝室《しんしつ》からこっそりぬけだした。そのまま、そり部屋《べや》と呼《よ》ばれる特大の納屋《なや》に行く。納屋《なや》では、巨大《きょだい》なそりをとりかこむようにして、疲《つか》れきったエルフがおり重なり、同じタイミングでいびきをかいていた。

クリスマスサウルスはなにも考えず、ためらいもせず、サンタの特大そりをよじのぼりはじめた。そりにさわるのは初めてだ。神々《こうごう》しいほどに特別な輝《かがや》きを放っているので、これまでは見ているだけでじゅうぶんだった。けれどいまは、モコモコを見つけることしか頭にない。

そりの後部を占領《せんりょう》している大袋《おおぶくろ》の中へ、鼻からえいやっと飛びこんだ。チクチクする袋《ふくろ》の奥《おく》へ、奥《おく》へともぐっていき、くんくんとかぎまわる。おもちゃの兵隊、おもちゃの車、おもちゃのトラック、人形やおもちゃのポニー……。モコモコは、もっと奥《おく》だ。さらに奥《おく》へもぐりこむと、かぎづめがなにかに引っかかった。

あっ、あった！　思わず抱《だ》きしめたくなる、あの手ざわり！

大袋《おおぶくろ》の中をかきまわし、包装紙《ほうそうし》のわずかなすきまに鼻をつっこむと、目の前にモコモコの金色のボタンがあった。

クリスマスサウルスは最後にもう一度、モコモコをぎゅっと抱《だ》きしめて、さよならをつげた。

そのまま、しばらく抱《だ》きしめていた。

かなり長く、抱《だ》きしめていた。

あまりに長すぎて、幸せな気分のまま、いつのまにか眠《ねむ》りに落ちてしまい——。

ガシャーン！

クリスマスサウルスは、はっとして目がさめた。さっきまでいびきの音しかしなかったのに、いまの納屋《なや》は、エルフたちがかけずりまわる足音でさわがしい。エルフたちはそりの真ちゅう製《せい》のスキー板をみがいたり、トナカイの手綱《たづな》のベルをひとつひとつ鳴らしたり、鳴らないベルをとりかえたりと、走りまわっている。

クリスマスサウルスは、そりの後部で一晩《ばん》ぐっすり眠《ねむ》ってしまったのだった。一晩《ばん》あけて、今日はクリスマスイブだ。

「やあやあ、おはよう、せっせと働くエルフたちよ！」サンタの声が響《ひび》く。

重たいブーツの足音がした。サンタはすでに衣装《いしょう》をまとっているようだ。衣装《いしょう》とは、光りかがやく赤の長いキルトのコートと、耐火性《たいかせい》の黒いブーツと、赤い帽子《ぼうし》。コートにはナッツ入りのチョコブラウニーとクッキーを入れるためのポケットがいくつもあり、赤い帽子《ぼうし》にはふわふわの白い玉がひとつついている。

クリスマスサウルスは、大袋《おおぶくろ》のすきまから外をのぞいてみた。サンタがいつにもまして大きく見える。かなり機嫌《きげん》がいいようだ。

サンタがそりの運転席につく。同時に、エルフたちが声をあわせて歌った。

おはよう、サンタ、準備《じゅんび》はできたよ
もう飛べるけど、わすれないでよ
予備《よび》の帽子《ぼうし》がちゃんとあること
疲《つか》れたら、ちゃんと休むこと

クリスマスサウルスは、出るに出られなくなってしまった。

もしいま、そりの外に出たら、まちがいなく見つかるだろう。そりの中にもぐりこんで、きれいなラッピングをしわくちゃにしたことが、サンタにばれる。とんでもないいたずらが、ばれてしまう。

でももし、このままここにいれば、サンタのそりでトナカイたちと世界中を飛びまわることになってしまう。

ん？　サンタのそりで、トナカイたちと、世界中を飛びまわる？　空を飛ぶ――トナカイたちと――そりで――。

空飛ぶトナカイたちを見た日から、ずっと夢見《ゆめみ》てきたことじゃないか！　トナカイのように空を飛ぶのはどんなものか、実際《じっさい》に体験する絶好《ぜっこう》のチャンス？　それとも、そりからおりて、白状《はくじょう》するべき？

決めあぐねているうちに、納屋《なや》がガクンとゆれて、そりが震《ふる》えた。巨大《きょだい》な納屋《なや》の扉《とびら》があいたのだ。トナカイたちが手綱《たづな》を引っぱり、いまにも空へ飛びだそうとする。

「エルフたちよ」サンタが、そりの運転席からさけんだ。

わしのかわいいエルフたち

大変まことにご苦労だった

今度は世界を飛びまわる
わしの出番がまわってきた
プレゼントを待つ子どもらに
おもちゃを配って歩かねば
ベッドのそばのストッキングに
おもちゃを配って歩かねば
さあ、トナカイのそりに乗り
大きな空へ飛びだそう
今年《ことし》もいつもと変わらずに
家々の屋根をたずねよう
いずれ袋《ふくろ》が空《から》になり
おもちゃもすべて消えうせる
さすればすぐに家路につき
今年《ことし》の旅も無事終わる
ミンスパイとキャンディー棒《ぼう》で

明日《あす》は祝おう、成功を
来年の夢《ゆめ》を見はじめよう
楽しいクリスマスの夢《ゆめ》を

サンタが両腕《りょううで》をあげると、急に音が消えた。強力な魔法《まほう》の力で、納屋《なや》全体が静まりかえる。あけはなたれた納屋《なや》の扉《とびら》から吹《ふ》きこむ風も、ふいにやんだ。舞《ま》っていた雪も、時の流れがおそくなったかのように、宙《ちゅう》でゆっくり、ふわふわとただよう。

サンタは、満足げにほほえんでいた。背後《はいご》のおもちゃの山の中では、クリスマスサウルスがわくわくしながら、ひそかにしっぽをふっていた——本当に、これから空を飛ぶの？

トナカイたちが、サンタの合図をいまかいまかと待ちながら、そろってサンタを見つめている。

時の流れが完全にとまるかと思われたそのとき、サンタが巨大《きょだい》なコートの内ポケットから、摩訶不思議《まかふしぎ》なものをとりだした。それは、一台の古めかしい蓄音機《ちくおんき》。おそろしくねじれた真ちゅう製《せい》のホーンのついた、レコード・プレーヤーだった。こんなに巨大《きょだい》な物体が、なぜコートの内ポケットに入っていたのか、不思議としかいいようがない。

サンタは運転席のとなりに蓄音機《ちくおんき》をそっとおくと、赤い帽子《ぼうし》をぬいで、中に手を入れ、一枚《まい》のレコードをとりだした。それを蓄音機《ちくおんき》のターンテーブルにていねいに置いて、レコードの外《そと》端《はし》の溝《みぞ》に針《はり》を乗せ、真ちゅう製《せい》のスイッチをおす。

と、巨大《きょだい》なホーンから音楽が大音量で流れだし、納屋《なや》全体に歌があふれた。音楽はこの世にふたつとない魔法《まほう》の源《みなもと》で、摩訶不思議《まかふしぎ》な素晴《すば》らしいことができる。このときも、そりの重いスキー板が、音楽の上に浮《う》かぶみたいに、納屋《なや》の床《ゆか》から一、二センチほど浮《う》きあがった。

次の瞬間《しゅんかん》、サンタはトナカイたちに合図を出し、歌を歌いはじめた。

おやおや、屋根で物音が
ドキッとしたぞ、心臓《しんぞう》が
ブーツの音とひづめの音だ
ドンドン、ドンドン、タタタンタン！
おやおや、屋根で物音が
いったい、なんの音だろう

サンタクロースの音だといいな

トナカイたちが疾走《しっそう》し、納屋《なや》の扉《とびら》から外へ飛びだした。

おやおや、屋根で物音が
つっ走るそりの音みたい

蓄音機《ちくおんき》から流れだす魔法《まほう》のオーケストラを伴奏《ばんそう》に、サンタはお気に入りのクリスマスソングを歌いつづけた。

クリスマスイブの夜がふける
もうすぐ時はクリスマス

クリスマスサウルスはモコモコの腕《うで》にしがみついたまま、満面の笑みを浮《う》かべつつ、そりの後部でゆれて、はねて、転がった。

おやおや、屋根で物音が
とてもじゃないが眠《ねむ》れない

次の瞬間《しゅんかん》、疾走《しっそう》するトナカイたちが雪を踏《ふ》む音が消えた。金色のひづめは、もう、雪を踏《ふ》んでいない。宙《ちゅう》へと駆《か》けあがっている。

トナカイたちが空を飛ぶ。そりも、サンタも、空を飛ぶ。そして、クリスマスサウルスも空を飛んでいた。

サンタクロースの音だといいな

サンタが楽しそうにほほえみながら、声を震《ふる》わせて歌う。

秘密《ひみつ》の乗客を乗せたそりは、サンタを待っている世界に向かって、オーロラの中へと消えていった。

第15章　ハンター登場

クリスマスイブの夜、ウィリアムは、いつになく早く寝《ね》る準備《じゅんび》をした（子どもたるもの、クリスマスイブには早く寝《ね》るべしだ！）。ただし、暖炉《だんろ》のそばに木製《もくせい》のおんぼろテーブルを置き、そこにトナカイ用のミンスパイ一個《こ》とサンタ用のニンジン一本を用意するのをわすれなかった。ミンスパイはサンタ用、ニンジンはトナカイ用じゃないかって？　いやいや、ボブが毎年、得意げにいうように、それはよくあるクリスマスイブのかんちがいだ。

ボブはウィリアムを寝《ね》かしつけると、一秒でも長く起きていたかったが、クリスマスに興奮《こうふん》しすぎて疲《つか》れきり、枕《まくら》に頭をつけた〇・八秒後にはぐっすり眠《ねむ》っていた。ウィリアムはボブよりは長く起きていたものの、やはりほどなく熟睡《じゅくすい》した。

クリスマスの夢《ゆめ》を見ていたウィリアムは、またしても腕《うで》とうなじの毛が逆立《さかだ》っていることに、

まったく気づかなかった。

それは、ウィリアムがいまなお監視《かんし》されている、なによりの証拠《しょうこ》だった。

一日中雪がふりつづけたクリスマスイブ。ウィリアムの家がある通りの屋根には、クリスマスケーキの砂糖衣《さとうごろも》のようになめらかな雪が、こんもりと積もっていた——ただひとつの屋根をのぞいては。

ウィリアム宅《たく》の向かいの家の屋根だけは、きれいにふり積もった雪がみだされていた。二組の足跡《あしあと》が屋根全体に散らばって、雪の中に大きな円をいくつも描《えが》いている。無数の足跡《あしあと》からすると、かなり長い間、行ったり来たりしていたようだ。

その足跡《あしあと》は、ひとりの男と一匹《ぴき》の飼《か》い犬《いぬ》がつけたものだった。ただし、いまはどちらもうろついていない。煙突《えんとつ》の裏《うら》にかくれて、銅像《どうぞう》のように動きをとめている。

その男と犬は、ウィリアム宅《たく》の向かいの屋根で、クリスマスイブになにをしているのか？

この数週間、なぜウィリアムを監視《かんし》していたのか？　そしていま、凍《こご》えるように寒い雪の中、なぜかくれてすわっているのか？　そもそも、何者なのか？

すべて、まとめてお答えしよう。

この男は、**悪の権化**《ごんげ》にほかならない。その名はハンター。

なめし革《がわ》のような顔にはしわが刻《きざ》まれ、ごつごつした白い傷跡《きずあと》が一本、片目《かため》からあごまでのびている。一枚《まい》の長いクジャクの羽をこれみよがしにくっつけた、とても風変りな鳥打帽《とりうちぼう》をかぶっていた（ちなみに、羽の持ち主のあわれなクジャクは、傘《かさ》の柄《え》にされてしまった。）象牙《ぞうげ》のねじれたパイプをつねにくわえ、眠《ねむ》っているときでも吹《ふ》かしている。そのきつい煙《けむり》の悪臭《あくしゅう》は、何時間たっても消えることはない。もしとなりに立ったら、不快《ふかい》な刺激臭《しげきしゅう》が鼻をつんとつくだろう。

だが一目でわかる最大の特徴《とくちょう》は、異様《いよう》なくらい、きどっていることだ。見た目も、歩き方も、しゃべり方もきどっている。煙突《えんとつ》の裏《うら》にうずくまるときも、きどるのをわすれない。靴下《くつした》は純《じゅん》金《きん》の糸、鼻をかむときは本物の十ポンド紙幣《しへい》しか使わないという徹底《てってい》ぶりだ。

ハンターは富豪《ふごう》の長男として生まれ、父親が死んだあとは金銀財宝《ざいほう》をひとりじめし、相続した豪邸《ごうてい》の巨大《きょだい》な金庫にしまいこんで、だれも中に入れなかった。家族や親類はもちろんのこと、世間ともすっぱり縁《えん》を切り、遠い親戚《しんせき》から毎年とどくクリスマスカードなど見向きもせず、ひたすら金勘定《かねかんじょう》に明《あ》け暮《く》れた。

そう、ハンターは金《かね》と金《きん》が大好きだった。

だが、それ以上に好きなものがある。狩《か》りだ。

なんの罪《つみ》もない動物を狩《か》るようになったのは、幼《おさな》いころからだ。富豪《ふごう》の両親がエキゾチックな土地へ長旅に出かけると、ハンターは子守《こも》りとともに豪邸《ごうてい》にとりのこされた。だが子守りは、ハンターの弟である愛くるしい赤んぼうの世話に追われたため、ハンターはいつも放っておかれた。

そこで、中華《ちゅうか》料理のテイクアウトで余《あま》った箸《はし》を使って、近所のネコを狩《か》ったのがきっかけだった。

それがあまりにも楽しかったので、翌日《よくじつ》、庭園の生垣《いけがき》の迷路《めいろ》にペットのハムスターを放し、きのうのネコの骨《ほね》で作ったパチンコで狩《か》った。

さらにそのあと、ペットの金魚を堀《ほり》に放し、ビリヤード室からとってきた細長い棒《キュー》を槍《やり》がわりにして狩《か》った。

子どものころのハンターは、ハクスリーという本名で呼《よ》ばれていた。けれど、ある年の長い冬休み、全寮制《ぜんりょうせい》の学校からもどってきたとき、自宅《じたく》から半径約二十キロ四方のあらゆる動物を狩《か》って以来、ハンター《狩人》としか呼《よ》ばれなくなった。

ハクスリーは、もういない。

年月を重ねるにつれて、ハンターがねらう獲物《えもの》はどんどんエキゾチックになり、めずらしい動物ほど狩《か》りたいと思うようになった。

ライオンやトラ、クマやサル、シマウマやキリンはすでに狩《か》った。こういう動物は、めずらしくもなんともない。狩《か》りたいのは、ありえないくらいめずらしい動物。あまりにめずらしすぎて、だれも聞いたことのないが、まちがいなく実在《じつざい》する動物だ。

一角獣《いっかくじゅう》の角は、すでにグリーンランドの氷河《ひょうが》で狩《か》って手に入れた。

ピンク色の北極グマのひづめは、虹《にじ》のふもとで石弓で狩《か》って手に入れた。

パンダルーの耳、馬ザメのエラ、ヘビクジラのしっぽ、牙獣《がじゅう》の舌《した》、イサキの鼻、スウェーデンの羽アリデーにひっぱたいて狩《か》った二万匹《びき》の羽アリの羽も、すでに持っている。

このように、古今東西のあらゆる動物を狩《か》ってきた。狩《か》った動物は頭を剝製《はくせい》にして、自宅《じたく》の豪邸《ごうてい》の壁《かべ》に飾《かざ》ってある。

ハンターの行く先々には、忠犬《ちゅうけん》グロウラーの姿《すがた》もあった。グロウラーはもう何年もハンターのお供《とも》をし、ハンターの命令をなんでもこなした。いうことを聞かないと、自分も剝製《はくせい》にされて、頭を豪邸《ごうてい》の壁《かべ》に飾《かざ》られるとわかっていたからだ。

では、なぜクリスマスイブの夜、ハンターとグロウラーは、雪にうもれた屋根の上でかくれているのか？　なぜ、この数週間、ウィリアムをひそかに監視《かんし》してきたのか？　早く答えろって？　はいはい！

はるか昔、ハンターがまだハクスリーと呼《よ》ばれていたころのこと。あるクリスマスイブの晩《ばん》、ハンターはまことにめずらしい、とびきりの動物を目にした。その動物とは、空飛ぶトナカイだ。

その晩《ばん》、豪邸《ごうてい》の上空の音に気づいたのは、ハンターの弟のほうだった。弟は、だれかの歌声を耳にした。次の瞬間《しゅんかん》、雪雲の切れ目から、一台の巨大《きょだい》なそりが飛びだしてきた。幼《おさな》かった弟はおどろいて、兄のハンターを呼《よ》んだ。そのときに、ハンターは九頭の華麗《かれい》なる魔法《まほう》の空飛ぶトナカイを目撃《もくげき》したのだった。

「な、なに！　**空飛ぶトナカイ？**　ウソだろ！」ハンターはさけんだ。

「兄ちゃん、ぜったい、世界一めずらしい動物だよね！」弟もさけぶ。

たしかに、こんな動物は世界中のどこにもいない。

「よーし、ぜったい、おれのものにしてみせる！」ハンターは絶叫《ぜっきょう》した。

その晩《ばん》をさかいに、ハンターの人生は変わった。華麗《かれい》なる魔法《まほう》の空飛ぶトナカイを狩《か》りたくてたまらない。その頭をなにがなんでも剝製《はくせい》にし、暖炉《だんろ》の上に飾《かざ》りたい。それが、生涯《しょうがい》の夢《ゆめ》となったのだった。

そのクリスマスイブの夜以来、世にもめずらしいトナカイを狙《ねら》いさだめて撃《う》つために、ハンターはひたすらサンタを追いかけた。そして数週間前、ある光景を見て、悪の権化《ごんげ》らしい邪悪《じゃあく》な計画を思いついた。ハンターが見た光景とは、全身クリスマスモードの奇抜《きばつ》なかっこうをした父親と、車いすの男の子。

車いすの男の子とは、そう、ウィリアムだ。

「グロウラーよ、見てみろ、あの子を。車いすに乗った、あの子を」ハンターは、忠犬《ちゅうけん》グロウラーにいった。「車いすに乗った、いたいけな坊《ぼう》やか。ふむふむ、なんと、いじらしい……」ハンターの顔に、ずるがしこそうな笑みが広がっていく。この瞬間《しゅんかん》、案を思いついたのだ。

「ふふっ、グロウラーよ、空飛ぶトナカイを見つける方法を見つけたぞ」つんとすました瞳《ひとみ》に邪悪《じゃあく》な光を宿して、ハンターはさけんだ。「これまでずっとトナカイばかりさがしてきたが、それはまちがいだった」見苦しいほど興奮《こうふん》して、忠犬《ちゅうけん》の背中《せなか》をひっぱたく。「サンタのほうから、トナカイたちを連れてくるよう、しむければいい。わかるか、このバカ犬めが。あのサンタが、クリスマスに、あれほどいたいけな坊主《ぼうず》の元を、おとずれないわけがない。ああ、そうだ、そうに決まってる。おい、バカ犬、わかったか？　この坊主《ぼうず》を尾行《びこう》して、向かいの家の屋根に陣取《じんど》って、クリスマスイブを待てばいい。そうすれば、きっとサンタが派手《はで》なそりでおりてきて、煙突《えんとつ》から坊主《ぼうず》の家に入りこむ。その間、空飛ぶトナカイたちは、とりのこされる。丸見えの状態《じょうたい》で、のこされるのだ。おお、まさに、チャンス到来《とうらい》！　我《わ》が輩《はい》がしとめてやる。一頭のこらず、撃《う》ってやる！」

空飛ぶトナカイたちを、まとめて撃《う》てるとは――。ハンターはうきうきと手をこすりあわせ、かんだかい笑い声をあげた。

「おお、ついに手に入るぞ。この世にふたつとない、きわめつけの珍種《ちんしゅ》の頭を、わが暖炉《だんろ》の上に堂々と飾《かざ》るのだ！」

とりつかれたかのように高笑いする主《あるじ》をよそに、忠犬《ちゅうけん》グロウラーはほっとため息をもらした――空飛ぶトナカイじゃなくて、ただの犬で助かったよ。

こうしてハンターとグロウラーは影《かげ》にかくれ、ウィリアムを自宅《じたく》まで尾行《びこう》し、一挙一動を監《かん》視《し》した。ウィリアムがスーパーでクリームまみれになるのも見たし、郵便《ゆうびん》ポストの中に忍《しの》びこんで待ちぶせもした。

そしてクリスマスイブの今夜、ハンターはグロウラーとともに、ウィリアムの家の向かいの屋根の上で、サンタのそりがあらわれるのを、いまかいまかと待っていた。

今夜こそ、ぜったい、あの華麗《かれい》なる魔法《まほう》の空飛ぶトナカイを狩《か》ってやる！

第16章　この世にふたつとない生き物

しんと静まりかえった夜、ハンターと忠犬《ちゅうけん》グロウラーは、白い雪をかぶった屋根の連なりを見つめていた。その視線《しせん》は、ある家の屋根をとらえてはなさない。

ウィリアム・トランドルの家の屋根だ。

真夜中、時計台の鐘《かね》の音が**カラン、カラン、カラン**……と町中に鳴りひびく。

ハンターの邪悪《じゃあく》な直感は、そろそろだとつげていた。グロウラーも、もぞもぞしながら同じことを感じていた。

とつぜん、すべての動きがとまった。降《ふ》っていた雪は、一時停止ボタンでもおしたかのように、宙《ちゅう》でとまった。時計台の鐘《かね》は、すでにとまっている。まるで時間そのものが、とまってしまったかのようだ。

いよいよ、サンタのお出ましだ。

ヒューッ！

一台の巨大《きょだい》なそりが、雲から飛びだしてきた。盛大《せいだい》な鈴の音《すずね》と、大音響《だいおんきょう》で流れるクリスマスキャロルに、町中が起きなかったのがふしぎなくらいだ。

この世にふたつとない珍種《ちんしゅ》のトナカイたちが真上からおりてきた瞬間《しゅんかん》、ハンターの強欲《ごうよく》な目がギラリと光った。その気になれば、手をのばしてさわることもできただろう。でも、それではすべてがだいなしだ。空飛ぶトナカイの頭を自宅《じたく》の壁《かべ》に飾《かざ》りたければ、いまはかくれているしかない。

ハンターはごつごつした指の関節を鳴らし、宝物《たからもの》の武器《ぶき》をかたくにぎりしめた。その武器《ぶき》とは、高精度《こうせいど》、高衝撃《しょうげき》、フル装備《そうび》の必殺狙撃《そげき》ライフルだ。邪悪《じゃあく》な男にふさわしい邪悪《じゃあく》な武器《ぶき》を、ハンターは肌身《はだみ》はなさず持ちあるいていた。牛乳《ぎゅうにゅう》を買いにちょっと出かけるときでさえ、持っていく。長い銃身《じゅうしん》は定規《じょうぎ》の代わりになるくらいまっすぐで、銃身《じゅうしん》の上にとりつけられた照準器《しょうじゅんき》は、まさにウルトラ高性能《こうせいのう》。晴れた日にのぞいたら、地球をぐるっと一周し、自分の背中《せなか》が見えるくらい、超絶《ちょうぜつ》レベルの性能《せいのう》を誇《ほこ》る。

サンタはめざす家を確認《かくにん》するため、町の上を何度か旋回《せんかい》し（じつは前に何度か、配達先をまちがえたことがあったのだ）、ようやくウィリアムの家の屋根にそりをおろした。巨大《きょだい》なそりと疾走《しっそう》するトナカイの群《む》れがとまるには、かなりきゅうくつな屋根だったが、みごとな着地だった。

ハンターは目をうばわれた。これまでずっと、人生をかけて追いもとめてきた生き物が、すぐそこにいる――。

「おお、なんという……」ハンターはグロウラーにささやいた。「思っていたより、はるかに華麗《かれい》だぞ」

たしかに、華麗《かれい》そのものだった。サンタが、よっこらしょ、とそりからおりるのをながめながら、ハンターは小声で毒づいた。

「デブのサンタめ、さっさとおりて、煙突《えんとつ》の中に消えちまえ」

「おお、じつにすばらしい夜だ」サンタは大声でトナカイたちに呼《よ》びかけた。「まことにもって、スムーズな着地であった。トナカイたちよ、よくやった。じつにスムーズ。まさに練習の成果だな。このようなせまい屋根だと、ふだんの練習がものをいう。わずかな失敗もゆるされん」

けれどトナカイたちはサンタの言葉を聞きながし、鼻をひくつかせていた。妙《みょう》なにおいがする。つんと鼻をつくにおい。煙《けむり》のにおい。

そう、パイプの煙《けむり》だ。

トナカイたちは低くうなり、落ち着きをなくしてそわそわしたが、サンタは気にもとめなかった。

「しーっ、静かに。すぐに終わるから。そうしたら、また雲の中だ」

サンタは足をひきずるようにして後ろに行き、荷物の山をかきまわして、ウィリアムへのプレゼントをさがした。

「ええっと……どこだ？　おお、あったぞ」

だが、引っぱっても動かない。もう一度引っぱったが、まるで反対側から引っぱりかえされているかのように、びくともしない。

「ふうむ、おかしいな」

サンタは最後にもう一度、黒光りするブーツをそりの縁《ふち》に乗せ、力いっぱい引っぱった。すると、ポン、という音とともに、恐竜《きょうりゅう》の形をした荷物が、サンタの腕《うで》へと飛びだしてきた。

サンタはクスッと笑い、煙突《えんとつ》へと向かった。次の瞬間《しゅんかん》、摩訶不思議《まかふしぎ》な現象《げんしょう》が起きた。サンタはそのままなのに、とつぜん、世界全体がとても大きくなったのだ。あれよあれよという間に、屋根やそり、空やトナカイや家が、ぐんぐん、ぐんぐん、大きくなる。とくに煙突《えんとつ》は、ばかでかい。サンタはなにも変わらないのに、まわりが巨大《きょだい》な風船のようにふくらんでいく。煙突《えんとつ》が特大サイズになったおかげで、サンタはつきでた腹《はら》ごと、煙突《えんとつ》の巨大《きょだい》な穴《あな》に飛びこんで、ゆうゆうとすべりおりていった。

ハンターは愕然《がくぜん》としていた。ここまで奇怪《きかい》な現象《げんしょう》は、見たことがない。いまのはなんだ、なんなんだ？　けれど、たじろいだのは一瞬《いっしゅん》で、すぐに我《われ》にかえった。

絶好《ぜっこう》のチャンス到来《とうらい》。待ちに待ったチャンスだ。ここまでの計画は完ぺきだ――。

重い狙撃《そげき》ライフルをかかげ、ウルトラ高性能《こうせいのう》の照準器《しょうじゅんき》を血走った眼《め》でのぞきこむ。照準器《しょうじゅんき》ごしに、じっとしている八頭の空飛ぶトナカイが、手に取るようにはっきりと見えた。まさに、かっこうのカモだ。

金属《きんぞく》の引き金に指をかけて、照準《しょうじゅん》を定め、グロウラーにささやいた。

「ふふっ、あっけないほど、かんたんだ。これなら、おまえでも、しとめられるぞ」

荒《あ》れたくちびるにくわえたパイプを深く吸《す》うと、少しの間息をとめ、目を細めて狙《ねら》いすました。邪悪《じゃあく》な喜びに満ちた涙《なみだ》が、目から一粒《つぶ》こぼれおち、傷跡《きずあと》のあるほおを流れていく。

「これで、やっと、我《わ》が輩《はい》のものに……」

ところが、いざ引き金を引こうとしたそのとき、ハンターはあるものを見た。そりの後ろで、なにかが動いている。

「な、な、なんだ？」

動きをよく見ようと、照準器《しょうじゅんき》を調整した。荷物の下になにかがひそんでいるかのように、おもちゃの袋《ふくろ》が上下左右にゆれている。

そして、ハンターは見た。袋《ふくろ》からひょいと飛びだした、つやのある、青い、うろこ状《じょう》の頭を。

「ま、まさか……」ぎょっとして口を大きくあけ、パイプが落ちた。いま、この瞬間《しゅんかん》、目撃《もくげき》したあれは──ひょっとして、本物の──**「きょ、恐竜《きょうりゅう》か？」**

この夜をさかいに、ハンターの人生はまたしても変わった。これまで望んできたものなど、とつぜん、どうでもよくなった。

「本物の恐竜《きょうりゅう》だ。おい、グロウラー、これがどういうことか、わかるか？」

ハンターは照準器《しょうじゅんき》のレンズをふいて、恐竜《きょうりゅう》が本物かどうか、二度、三度、四度とたしかめながら、夢中《むちゅう》でいった。

「おい、バカ犬、おまえも見てみろ」ライフルの照準器《しょうじゅんき》を、グロウラーの目に強引におしあてる。

「もう、トナカイなど、どうでもいい……。ほら、屋根の上に、あんなにいるぞ。あれでは、めずらしくもなんともない」

もう一度のぞこうと、グロウラーからライフルを乱暴《らんぼう》にとりもどした。

「だが、恐竜《きょうりゅう》は一頭だけだ。あそこにいる、うろこ状《じょう》の青い巨大《きょだい》生物こそ、正真正銘《しょうめい》、世界一の珍種《ちんしゅ》。この世にふたつとない生き物だ。おお、なにがなんでも、あの頭の剥製《はくせい》を壁《かべ》に飾《かざ》るぞ。さすれば、我《わ》が名は世界中に知れわたる。狩猟史《しゅりょうし》に名を残せよう。まさしく、史上最強のハン《狩》ター《人》になれる！」

ハンターはライフルをにぎりしめ、恐竜《きょうりゅう》に狙《ねら》いをさだめた。

ところが、恐竜《きょうりゅう》はちっともじっとしていない。なにかをさがして、クンクンと雪のにおいをかいでいる。そりを飛びおりてからも、トナカイたちの足の間を出たり入ったりして、足跡《あしあと》のにおいをかいでいる。恐竜《きょうりゅう》など撃《う》ったことのないハンターには、なんともあつかいにくい標的だった。

「こら、じっとしてろ、まったく……」

ハンターは、もっとよく見ようと移動《いどう》しはじめた。恐竜《きょうりゅう》を視界《しかい》におさめるため、煙突《えんとつ》をぐるっとまわって前に出る。

ハンターが一歩出ると、恐竜《きょうりゅう》はそりの裏《うら》にぱっとかくれた。

ハンターがさらに一歩出ると、恐竜《きょうりゅう》はウィリアムの家の煙突《えんとつ》の縁《ふち》に飛びのった。

ハンターがさらに一歩出ると――。

バーン！　ズドーン！

ハンターは屋根の外にふみだして、十メートル下の植込《うえこ》みへと落ちていった。はずみで、空に向かって銃弾《じゅうだん》を一発、ぶっ放す。すっかり恐竜《きょうりゅう》に気をとられ、屋根の端《はし》がせまっているのに気づかなかったのだ。

クリスマスサウルスは銃声《じゅうせい》にびくっとし、足をすべらせた。魔法《まほう》でふくらんだ煙突《えんとつ》の穴《あな》に落っこちて、すすけた暖炉《だんろ》の暗闇《くらやみ》へとつっこんでいく。

こうしてクリスマスサウルスは、ウィリアムの家に入ってしまった。

第17章　家の中へ

クリスマスサウルスは、すさまじい音をたてて着地した。幸いにも暖炉《だんろ》に火は入っていなかった。クリスマスイブに暖炉《だんろ》に火をおこしてはならないと、ボブが心得ていてくれたおかげだ。

立ちあがり、暖炉《だんろ》からだれもいないリビングへと出た。

初めて見るタイプの部屋《へや》だった。氷雪邸《ひょうせってい》の巨大《きょだい》な部屋《へや》にくらべると、おんぼろで、はるかにせまい。けれどこの部屋《へや》には、見た瞬間《しゅんかん》好きになる雰囲気《ふんいき》があった。居心地《いごこち》がよくて、あたたかくて、幸せな気分になる。

この家に住んでる人は、きっと愛情《あいじょう》が豊《ゆた》かなんだろうな——。

でも、あたりを見まわしているひまはない。

最後にあと一度、モコモコと会いたい。モコモコを見つけて、さよならをいって、サンタに見つかる前にそりにもどるのだ。とんでもない無茶をしているのだから——。

まだら模様《もよう》の包装紙《ほうそうし》か、キラキラの赤いリボンはないかと、部屋《へや》全体をざっと見わたしたが、どこにもない。あるのは、小さなクリスマスツリーが一本。エルフくらいのミニサイズのツリーを見るのは初めてだ。その下には小さなプレゼントがいくつか置いてあるが、モコモコはない。

そうだ、サンタはモコモコを、ウィリアムという子の部屋《へや》に置いたんだ——。

サンタはたまに子どもの部屋《へや》にプレゼントを置く。それを知っていたので、クリスマスサウルスはベージュ色の柄物《がらもの》のカーペットに鼻をひくつかせ、サンタ特有のさわやかなミントチョコとオレンジの香《かお》りをたどりながら、忍《しの》び足《あし》でリビングを出た。

となりの部屋《へや》のドアがわずかにあいている。すきまからのぞくと、小さなベッドがうっすらと見えた。さらに、きれいに包装《ほうそう》された恐竜《きょうりゅう》のぬいぐるみが、一筋《ひとすじ》の月光を浴びている。

ウィリアムの寝室《しんしつ》に忍《しの》びこんだ。少しの間、恐竜《きょうりゅう》の写真や、恐竜《きょうりゅう》のおもちゃ、恐竜《きょうりゅう》の本やポスターや壁紙《かべがみ》に目をうばわれる。こんなに大量の恐竜《きょうりゅう》グッズは、見たことがない。

まさに、**恐竜《きょうりゅう》チックだ！**

寝室《しんしつ》をぐるっと見まわし、きれいにラッピングされて床《ゆか》に立っているモコモコに目をとめた。できるだけ静かに寝室《しんしつ》をつっきり、モコモコと鼻をつきあわせた。包装紙《ほうそうし》のせまいすきまから、金色のボタンの目がほのかに光っているのがわかる。

深呼吸《しんこきゅう》した。いよいよ、お別れだ。初めてできた、ゆいいつの恐竜《きょうりゅう》の友だちと、さよならだ——。

包装紙《ほうそうし》ごと、ぎゅっと抱《だ》きしめた。モコモコのやわらかい肩《かた》ごしに、ベッドですやすやと眠《ねむ》っているウィリアムが見える。

その瞬間《しゅんかん》、クリスマスサウルスは急に、腹《はら》に変な感覚をおぼえた。橋を猛《もう》スピードでわたっていて、このまま落ちたらどうしようと、心細くなるときのような感覚だ。

何枚《まい》ものウィリアムとボブの写真をながめてから、ベッドの脇《わき》の車いすを見る。鼻の穴《あな》からふーっと息を吐《は》きだすと、エルフの努力が無駄《むだ》にならないよう、モコモコをしゃんとのばして整えた。

さあ、本当に、モコモコとさよならだ。

そのとき、音がした。

ジャー！　ドス！　ドス！

トイレの水の音と、サンタのブーツが廊下《ろうか》を速足で進む音にまちがいない。

サンタがさらに足を速めた。寝室《しんしつ》のドアのすきまを、つきでた腹《はら》の影《かげ》がよぎっていく。

ドスッ！　ドスッ！　ドスッ！

「おおっ、ニンジン。わしの好物じゃないか」サンタがつぶやいて、かじりつく音がする。

クリスマスサウルスは、あせった。サンタより先に屋根にもどらないと、とりのこされてしまう。

その場であたふたと回転すると、長いしっぽもドタドタと回転し、書棚《しょだな》にぶつかって本をまとめてはらい落とした（ちなみに、すべて恐竜《きょうりゅう》の本だ）。

えいやっとドアのほうへジャンプしたが、かぎづめがモコモコのリボンにからまって、ドアと反対方向へぶざまに転がり、寝室《しんしつ》のタンスに激突《げきとつ》した。

当然ながらすさまじい音がして、ウィリアムはパッと目をさました。「う……ううっ……なんの音？」眠《ねむ》たげな目をこすり、あくびをしながらいう。

目がなれてくるにつれて、ベッドの足元に、赤いリボンをかけられた、まだら模様《もよう》の大きなプレゼントがあることに気づいた。けれど、赤いリボンはなぜかほどけている。ほどけて床《ゆか》に垂《た》れたリボンを目で追うと、うろこ状《じょう》の太い足にたどりついた。

それもそのはず、リボンはクリスマスサウルスのかぎづめに、ぐちゃぐちゃにからまっていたのだ。

ウィリアムがまばたきしたり、さけんだり、考えたり、なにかする間もなく、クリスマスサウルスはモコモコをひきずったまま、時速約百六十キロで寝室《しんしつ》から飛びだした。

ウィリアムは急いで車いすにうつり、モコモコとクリスマスサウルスを追いかけた。

クリスマスサウルスがせまくて居心地《いごこち》のいいリビングに飛びこむと、ちょうどサンタの黒いブーツが煙突《えんとつ》の中へ消えていくところだった。クリスマスサウルスはうろたえて吠《ほ》え、ミニクリスマスツリーをひっくりかえし、ツリーの下のプレゼントを次々と踏《ふ》みつけながら、暖炉《だんろ》の中へ突進《とっしん》した。ツリーの飾《かざ》りが四方八方に飛びちり、床《ゆか》に散らばったが、クリスマスサウルスの勢《いきお》いはとまらない。なおも暖炉《だんろ》の奥《おく》へもぐりこみ、強引に煙突《えんとつ》を見あげた。だがいまは、エルフさえ通れないくらいせまくなっている。

必死にジャンプし、はいあがろうともがいたが、むだだった。サンタの魔法《まほう》はすでに消え、煙突《えんとつ》は元のサイズにもどっている。

つづいて、おそれていた音が聞こえてきた。かすかなクリスマスの音楽と、トナカイたちのひづめの音だ。それが煙突《えんとつ》を伝ってきて、ふいにふっと消えた。

クリスマスサウルスが煙突《えんとつ》から上空へと、遠吠《とおぼ》えのようなさけび声をあげる。

けれど、手おくれだった。サンタもトナカイも、すでにいない。

クリスマスサウルスは、とりのこされてしまった。

そのとき、スポットライトのような光線が、クリスマスサウルスを照らしだした。光線はグラグラと不安定にゆれている。懐中《かいちゅう》電灯を持つウィリアムの手が、緊張《きんちょう》してふるえているせいだ。

いま、ウィリアムはリビングの入り口に車いすをとめて、一頭の恐竜《きょうりゅう》をながめていた。

第18章　少年と恐竜《きょうりゅう》

ウィリアムとクリスマスサウルスは完全に動きをとめて、見つめあった。少年と恐竜《きょうりゅう》のご対面など、まさに史上初。どうしたらいいのか、なにをいえばいいのか、どちらもわからない。

とつぜん、ウィリアムがおびえて悲鳴をあげた。「**ギャーッ！**」

クリスマスサウルスも、こわくてさけぶ。「**ガオーッ！**」

どちらも、これ以上ないくらい長く、悲鳴をあげてさけびつづけた。とうとう息が切れてだまると、おたがい、顔をさぐりあった。といっても、なにをどうさぐればいいのか、わからない。見れば、相手も自分と同じように、おびえている。

そうとわかったとたん、クリスマスサウルスもウィリアムも、恐怖心《きょうふしん》がすっと消えた。おかしなものだ。

そのとき――。

「ウィリー？　いまのさわぎは、なんだ？」二階から、眠《ねむ》たげなボブのかすれた声がした。

ウィリアムは、恐竜《きょうりゅう》のおびえきった大きな淡《あわ》い青色の目をのぞきこんだ。

「なんでもないよ、父さん。悪い夢《ゆめ》を見ただけ」精一杯《せいいっぱい》、さりげない声を出す。

永遠《えいえん》に続くかと思うくらい、長い沈黙《ちんもく》が流れた。

「ふうん……そうかい」ボブがあくびをする。「ちゃんと寝《ね》ないと、サンタが来てくれないぞ」

ボブの寝室《しんしつ》のドアがしまる音がした。

「えっと、あの……初めまして」

ウィリアムは床《ゆか》にくだけて散らばった大量の飾《かざ》りを踏《ふ》みつけながら、車いすでゆっくりとリビングに入り、静かに声をかけた。自分の目をうたがいながら、暖炉《だんろ》に近づいていく。

すぐそこに、目の前に、本物の生きた恐竜《きょうりゅう》がいる。いったいいなぜ、そんなことが？　しかも、いままで見てきたどの恐竜《きょうりゅう》よりもかっこいい。すべすべの氷のようなうろこ。トラのように淡《あわ》い青色の大きな目。けれどいまは、頭のてっぺんからしっぽの先まで、赤いリボン、包装紙《ほうそうし》、モールと豆電球がからまっている。

さらに近づくと、恐竜《きょうりゅう》の背中《せなか》に一枚《まい》のメッセージカードが、かろうじてぶらさがっていた。

ウィリアムへ　サンタより

「ま、まさか……」ウィリアムはつぶやいた。「本物の恐竜《きょうりゅう》をくれるなんて……ありえないと思ってた」

急に、恐竜《きょうりゅう》をなでる勇気がわいてきた。ところが、長くてすべすべの鼻に手がとどきかけた瞬間《しゅんかん》、恐竜《きょうりゅう》が窓《まど》のほうをふりむいて、なにかを見た。つられてウィリアムも窓《まど》の外をのぞくと、赤い点のようなものが空をよぎっていた。

恐竜《きょうりゅう》が、またしても、猛烈《もうれつ》な勢《いきお》いでかけだした。今度はリビングから玄関《げんかん》へ突進《とっしん》していく。クリスマスツリーや飾《かざ》りの破片《はへん》をひっかきまわし、足をとられ、ますますモールやコードがからまっていく。

とつぜん、ウィリアムは強く引っぱられ、車いすごと勢《いきお》いよく回転した。

「ちょ、ちょっと……なに？」

見れば、恐竜《きょうりゅう》にからまった豆電球のコードとモールの端《はし》が、車いすにもからまっている。恐竜《きょうりゅう》とつながってしまったのだ。

次の瞬間《しゅんかん》、車いすが一気に動きだし、ウィリアムはリビングから廊下《ろうか》へ引きずりだされた。パニック状態《じょうたい》の恐竜《きょうりゅう》は、猛《もう》スピードで玄関《げんかん》へ突進《とっしん》していく。ウィリアムは、死《し》に物狂《ものぐる》いで車いすにしがみついているしかない。

「待って！　ストップ！　玄関《げんかん》は鍵《かぎ》がかかってる！」

けれど、そんなことは関係ない。

クリスマスサウルスはあごを引いてつっこんでいき、**バーン！**と一気にドアをつきやぶり、ウィリアムと車いすを引きずったまま、玄関《げんかん》に恐竜《きょうりゅう》の形の穴《あな》を残して、雪道へと飛びだした。

そして雪道を走りながら、サンタのそりはないかと空を見あげた。くもっていてよく見えないが、ほんの一瞬《いっしゅん》、雲の切れ目から、空をつっきる赤い光の点が見えた。あっ、あった！　月の光に照らされた赤いそりだ！

体にからまるコードとモールから壊《こわ》れた飾《かざ》りを飛ばしつつ、全速力で追いかけて、通りの角をスリップしながら曲がった。

恐竜《きょうりゅう》のスピードがあがるにつれて、ウィリアムは街灯や停車中の車、郵便《ゆうびん》ポストや野良猫《のらねこ》をよけようと、何度も車いすのブレーキをかけた。

そりは、もう見えない。雪雲にかくれ、遠ざかりつつある。こうなったら、やるっきゃない――。クリスマスサウルスは覚悟《かくご》を決めた。飛ぶしかない！

トナカイが空を飛ぶのは、数えきれないくらい見てきた。これまでずっと、空を飛ぶのが夢《ゆめ》だった。ついに今夜、その時が来た。そうだ、来たんだ！

クリスマスサウルスはあごを引き、トナカイをまねて助走しはじめた。

ウィリアムは、恐竜《きょうりゅう》が蹴《け》ちらす雪をまともに顔に受けながら、絶叫《ぜっきょう》した。

「ちょ、ちょっと……なにする気？」

雪をはらって目が見えるようになると、深呼吸《しんこきゅう》した恐竜《きょうりゅう》のストライドが、どんどん長く、どんどん高くなるのがわかった。

そのとき、道路の片側《かたがわ》にある工事用のスロープが、クリスマスサウルスの目に飛びこんできた。ジャンプ台にちょうどいい。

クリスマスサウルスはスロープへまっすぐ突進《とっしん》し、全速力でかけあがった。その目は、空をしっかりとらえている。

ウィリアムは、目の前の光景が信じられなかった――こいつ、いかれてる。翼《つばさ》がないし、空飛ぶトナカイでもない。空を飛べるわけがないのに！

車いすのひじかけにしがみつき、心の中でそう思った。恐怖《きょうふ》のあまり、手を離《はな》してシートベルトをとめるよゆうもない。

クリスマスサウルスはスロープをのぼりきると、宙《ちゅう》に向かってえいやっとジャンプし――

ズッドーン！

大量のがれきの中につっこんで、きらめく飾《かざ》りと雪をまきちらした。ウィリアムは、車いすがひっくりかえらないようにするのがやっとだった。

ウィリアムが思ったとおり、恐竜《きょうりゅう》は空を飛べなかった。

飛びちっていた飾《かざ》りと雪がおさまったそのとき、雲が一瞬《いっしゅん》とぎれ、航空機の点滅《てんめつ》する赤いライトが見えた。さっきの赤い光は、そりではなかったのだ。

恐竜《きょうりゅう》が、途方《とほう》にくれたように、切ない声で吠《ほ》える。ウィリアムは思わず腕《うで》をのばし、よしよし、となでてやった。

生まれて初めて、恐竜《きょうりゅう》に触《ふ》れた。皮膚《ひふ》はごつごつしているけれど、なめらかだった。温かいけれど、冷たい。なんとも不思議な感覚だ。

「飛ぼうとしてたの？」と、ウィリアム。

クリスマスサウルスは、飛べなかったのを恥《は》じながら、うなずいた。

「そうなんだ……。かわいそうだけど、きみのような恐竜《きょうりゅう》は、空を飛べないんじゃないかな」

恐竜《きょうりゅう》は悲しんでいるように見えた。ぼくの言葉で、傷《きず》ついちゃったのかな——。恐竜《きょうりゅう》がうろたえているのに気づき、ウィリアムはとっさに恐竜《きょうりゅう》のがっしりした首に腕《うで》をまわして、抱《だ》きしめた。

「いいんだよ。きみの気持ち、ぼくにはわかるから」と、ささやいて、頭をやさしくなでてやる。

この瞬間《しゅんかん》、ウィリアムとクリスマスサウルスの間に友情《ゆうじょう》がめばえた。

けれどふたりが感じたのは、友情《ゆうじょう》だけではなかった。たったいま、ふたりとも、物音を耳にしたのだ。

同じ通りに、ほかにもだれかいる。

第19章　鉢合《はちあ》わせ

ウィリアムもクリスマスサウルスもぎょっとして、だまりこんだ。クリスマスの真夜中に、いったいだれが外の通りにいるのだろう？　静まりかえった夜の冷気に、**ズルズル**……という音だけが響《ひび》く。

まちがいなく、近くにだれかいる。

「だ……だれ？」返事がかえってきませんようにと祈《いの》りながら、ウィリアムはおそるおそる声をかけた。クリスマスサウルスはおびえた子犬のように後ずさりし、いまにもウィリアムの膝《ひざ》に乗っかってしまいそうだ。

と、また音がした。**ズルズル**……。

だれかが、鼻をすすって泣いている。

「あのう、だいじょうぶですか？」

すすり泣きのするほうへ、ウィリアムは親切に声をかけた。どうやら目の前の家の、庭の小さな植込《うえこ》みの裏《うら》から、聞こえてくるようだ。

「こ……来ない……で。なぐる……わよ」植込《うえこ》みの裏《うら》から、くぐもった鼻声で、きつい言葉が飛んでくる。

ウィリアムは、声の主《ぬし》の正体がすぐにわかった。それは、ぜったい会いたくない人物。あのブレンダ・ペインだ！

「早く、かくれて」

ウィリアムは、恐竜《きょうりゅう》にささやいた。新しい友だちの恐竜《きょうりゅう》を、ブレンダに見られたくない。ぜったい秘密《ひみつ》にしておかないと。

でも、いまのブレンダは、いつものブレンダではなかった。あのブレンダが泣くなんて、ただの一度も見たことがない。怒《いか》りと憎《にく》しみと底意地の悪さしかないブレンダが、よりによって泣くなんて――。この目でたしかめずにはいられない。

「あのさ、泣いてるの？」ブレンダ宅《たく》の門へと車いすを進めながら、たずねた。

「な、なにしてるのよ？　あっちに行ってよ。ほんとに……**ズル**……なんでも……**ズル**……ないんだから」ブレンダが、かみつくように言う。

「あっそ」

ウィリアムは肩《かた》をすくめ、離《はな》れようとした。が、車いすが動かない。もう一度、動かそうとしたが、やはりだめだ。そのとき、車いすにコードと飾《かざ》りとモールがからまったままなことに気づいた。コードを目で追うと、恐竜《きょうりゅう》にたどりついた。

恐竜《きょうりゅう》はうろこだらけの顔に、思いやりに満ちた、やさしい表情《ひょうじょう》を浮《う》かべているように見えた。当然ながら恐竜《きょうりゅう》は、人間の言葉をしゃべれない。でも、人間と同じように感情《かんじょう》がある。ときとして感情《かんじょう》は、言葉よりも強く、見る人にうったえかけてくる。

恐竜《きょうりゅう》の淡《あわ》い青色の目をのぞくうち、ウィリアムは完ぺきな言葉で（ちょっぴり北極風に訛《なま》った言葉で）しゃべりかけられでもしたように、恐竜《きょうりゅう》の思いが伝わってきた。

恐竜《きょうりゅう》が鼻から息を吐《は》きだし、目を横に動かして、ブレンダのほうへ頭をかたむける。その仕草の意味も、ウィリアムにはすぐに伝わった。

その子には、友だちが必要だよ。

ウィリアムは、ため息をついた。みとめたくはないが、そのとおりだった。全身の筋肉《きんにく》がブレンダから離《はな》れたがっているけれど、クリスマスに、たったひとりで、庭で泣いている子がいるなんて――。相手が底意地の悪いブレンダであっても、見すごすわけにはいかない。

「そこにいて」ウィリアムは声を出さずに口だけ動かして、恐竜《きょうりゅう》にいった。

恐竜《きょうりゅう》は聞き分けのいい犬のように、ブレンダ宅《たく》の門のそばにペタンと尻《しり》をついた。ウィリアムを説得できて、とてもうれしそうだ。

ウィリアムは車いすにからみついたコードとモールをはずすと、門をおしあけ、庭へと車いすを進めた。まさか、こんな日が来るとは！　すすり泣きのするほうへ向かいながら、ブレンダの家をちらっと見た。これまで何度も前を通ってはいたが、ブレンダに見つからないよう猛《もう》スピードを出していたので、まともに見るのははじめてだった。

あらためて見ると、近所とくらべて、ひどく場ちがいな印象を受けた。右を見ても、左を見ても、照明が華《はな》やかに点滅《てんめつ》していたり、シンプルにリースのみの飾《かざ》りだったりとちがいはあるが、通りに面したどの家もクリスマスの飾《かざ》りつけがしてある。当然ながらウィリアム宅《たく》も、おんぼろな家をすきまなく、ボブが飾《かざ》りたてている。

けれど、ブレンダの家はなにもなかった。暗くて、寒々しくて、クリスマスとはほど遠い。窓《まど》の向こうに見える部屋《へや》に、クリスマスツリーはなかった。暖炉《だんろ》にクリスマスカードはないし、ドアにリースもない。そしてなにより、プレゼントがひとつもない。

「いいわよ……笑えば。笑いたいんでしょ」ブレンダが、すすり泣きながらいう。

「そんなつもり、ないよ」ウィリアムは心の底からそう思っていた。クリスマスなのにふだんとまったく変わらないなんて、むしろ少々気味が悪い。「なんで、クリスマスの飾《かざ》りつけをしないの？」

「それを知ったら、あんた、あたしを大きらいになるわよ」

「いまでも大きらいなんだから、変わらないって」

ブレンダはウィリアムのほうへ顔をあげ、くちびるの端《はし》をぴくぴくさせて、かすかにほほえんだ。ウィリアムもほほえみかえし、ふたりそろって軽く笑いあった。

ふだんなら、ぜったいありえないことだった。

「クリスマス、きらいなの？」ウィリアムはたずねた。

「好きにきまってるでしょ。クリスマスぎらいは、あっちよ」ブレンダは、部屋《へや》の中をうろついているひとりの女性《じょせい》を指さした。

ウィリアムは、その女性《じょせい》に見おぼえがあった。三週間ほど前、ボブと郵便《ゆうびん》ポストに向かうとちゅうですれちがった、感じの悪い女性《じょせい》だ。こんなに深刻《しんこく》な顔をした女性《じょせい》を、ウィリアムは見たことがなかった。肌《はだ》は月のように青白い。目をこらしたウィリアムは、その女性《じょせい》が紙をやぶっていることに気づいた。

「うちのママなの」と、ブレンダ。

ウィリアムは息をのんだ。ブレンダのママは、ボブとまさに正反対だ。着古したパジャマ姿《すがた》で、クリスマスより葬式《そうしき》が似合《にあ》いそうな表情《ひょうじょう》を浮《う》かべ、とてつもなく深刻《しんこく》な顔をしている。それでも、ブレンダのしゃくにさわるくらい整った顔がだれの遺伝《いでん》か、ウィリアムには一目でわかった。ブレンダのママは、まちがいなく美人だった。こんなに暗い顔をしていなければ、きわめつけの美人にちがいない。ウィリアムはさらに目をこらし、ブレンダのママがやぶいているのがただの紙ではなく、クリスマスカードだと気づいた。

「なんで、クリスマスカードをやぶいてるの?」

「うちの……ママは……」ブレンダは、声をしぼりだすようにしていった。「クリスマスが大きらいなの」片手《かたて》で完ぺきに丸い雪玉を作り、自分の家の正面に投げつけた。

「でも、なんで?　クリスマスがきらいだなんて、なんで?　きみのパパも、クリスマスがきらいなの?」

ブレンダは、雪玉を作りかけた手をふるわせながらとめた。

「えっ、なに、どうしたの?」

なにかある――。ウィリアムはピンときて、壁《かべ》から顔をのぞかせている恐竜《きょうりゅう》をちらっと見た。恐竜《きょうりゅう》が、はげますように見つめかえしてくる。

ウィリアムの目の前で、ブレンダが深呼吸《しんこきゅう》した。かなりつらい話になりそうだ。

「パパは……いないの」

えっ、それだけ？

「そうなんだ」ウィリアムは、ひょうしぬけした。

「いることはいるんだけど、もう、あまり会えないの」ブレンダは説明した。「ママとパパは、一年前に離婚《りこん》したの……ちょうど一年前の、クリスマスイブに」

ウィリアムは、寒くて、暗くて、なんの飾《かざ》りもない家を見あげた。そういうことだったのか――。

「ママだって、昔はクリスマスが大好きだったの。でも今年《ことし》は、いやでもパパのことを思いだすからって……」ブレンダは息をのんで、雪玉を作りおえた。「……だから、クリスマスはなしにするって」

目から一粒《つぶ》の涙《なみだ》がこぼれおち、手の中の雪玉に落ちる。その雪玉をさっさと壁《かべ》に投げつけて、ブレンダは別の雪玉を作りはじめた。

ウィリアムはいまの話をじっくりと考えて、初めてブレンダのことがかわいそうになった。ひょっとして、おそろしいほどひねくれた性格《せいかく》なのは、そのせい？　もしぼくが、クリスマスがめぐってこない殺風景な家にくらしていたら？　想像《そうぞう》しただけで、ぞっとする。

「あんたのママとパパは、いつ離婚《りこん》したのよ？」と、ブレンダ。

ウィリアムは前に学校でブレンダにひどいことをいわれたのを思いだし、そろそろ本当のことを教えてもいいころだと決めた。

「うちは離婚《りこん》してないよ。母さんは、ずっと前に死んだんだ」

ブレンダが、ぴたっと動きをとめた。青白いほおが、急に赤くなる。

ブレンダも、あのとき自分が口にした、残酷《ざんこく》な言葉を思いだしたんだろうな――。

「べつに、いいよ。知らなかったんだから」ウィリアムは片手《かたて》で雪をすくい、雪玉を作って、ブレンダにさしだした。

ブレンダはあまりにも気まずくて、言葉が出なかった。なにをいっても言《い》い訳《わけ》にしかならない。結局、またしくしくと泣きだした。

ウィリアムは、壁《かべ》ごしにのぞいている恐竜《きょうりゅう》の目をちらっと見た。恐竜《きょうりゅう》はブレンダを見てから、ウィリアムを見て、軽くうなずいた――**ハグしてやれよ。**

ウィリアムは顔をしかめた。よりによって、ブレンダにハグ？　まさか。ムリだ。ありえない！

雪にうもれるようにして泣いている、目の前のブレンダを見た。

恐竜《きょうりゅう》が馬のように鼻を鳴らし、ウィリアムに向かって顔をしかめる——**ハグだ、ハグ！**

ウィリアムは、あきれた顔をした——**はいはい、わかりましたよ。**

車いすごと、少し近づいた。ブレンダは、両手に顔をうずめて泣いている。

最後にもう一度、恐竜《きょうりゅう》のほうをふりかえり、目でたしかめた——**本当に、これでいいんだろうね？**

そして深呼吸《しんこきゅう》し、目をとじて腕《うで》を大きくひろげ、学校一、いや世界一、意地が悪い少女に、心のこもったハグをした。

目をあけると、おどろいたことに、ブレンダもウィリアムをハグしていた。

次の瞬間《しゅんかん》、ふたりともパッと腕《うで》をほどき、きまり悪そうに足元を見つめた。

「いまのこと、だれかにいったら、承知《しょうち》しないからね」ブレンダがいい、

「ご心配なく。だれにもいうもんか」ウィリアムもいいかえす。

そのとき、ブレンダがまたくちびるの端《はし》をあげて、かすかにかわいらしくほほえむのを、

ウィリアムは見た。

「でも、ありがとうね。うれしかった」

恐竜《きょうりゅう》が壁《かべ》の上から顔をつきだし、ウィリアムを見た――

ほら、ね。

第20章　秘密《ひみつ》の交換《こうかん》

「それにしても、なんでまた、外に出たりしたの？　お母さんも知ってるの？」ウィリアムはたずねた。

「まさか。ばれたら、大さわぎになるわよ。まあ、ママはクリスマスをなかったことにするのに必死だから、気がつかないとは思うけど……。ほかの家を見たかったのよ。ほかの家は、クリスマスっぽいでしょ。今夜は、あわてて家にもどらなくてもいいし。どうせ、あたしにプレゼントは来ないしね」ブレンダはそういって、鼻をすすった。

「プレゼントが来ない？　郵便《ゆうびん》ポストでの、最強のプランは？」

「ああ……あれね」ブレンダは、きまり悪そうに雪を蹴《け》った。

〈良い子リスト〉の子どもたちがサンタに書いた手紙に手をくわえ、その子の住所を自分の住所に書きかえたことを思いだしているのが、ウィリアムにもわかった。

「なぜ、あんなことをしたの？」

ブレンダは深呼吸《しんこきゅう》して、答えた。

「パパがいなくなってからのあたしはこんなだし、ママはクリスマス大嫌《だいきら》い人間になっちゃったし、クリスマスプレゼントなんてどうせもらえないから、自分でなんとかしようと思って。サンタなんて、いるかどうかもわからないのに、おかしいでしょ。でも、もし本当にいるとしたら、サンタだってバカじゃない。遠くにいたって、見ぬくわよ」

ため息をついて、つづけた。

「今夜は、なにももらえないわよね。サンタはきっと、あたしを〈悪い子リスト〉に入れるもの」

ブレンダは勢《いきお》いよく鼻をすすり、凍《こお》った鼻水を飲みこんだ。

「あのさ、ブレンダ、〈悪い子リスト〉に入るとしたら、サンタのせいじゃなくて……自分のせいなんじゃ……」

ブレンダはウィリアムの鼻をなぐりつけようと、とっさにこぶしをにぎった。けれどいまのブレンダは、もう、以前のブレンダではなかった。

「うん……だよね。とにかく、あんたはあたしの秘密《ひみつ》を全部聞きだした。今度はあんたの番よ」

ウィリアムは、ぎょっとした。「えっ、秘密《ひみつ》？　なんのこと？」数メートル先の門の向こうに最大の秘密《ひみつ》がいることに、はたと気づいた。

「へーえ、そう？」ブレンダは、うたがっている。「じゃあ、答えなさいよ、ウィリー坊《ぼう》や。クリスマスイブの真夜中に、ひとりで外をうろついて、いったいなにをしてたのよ？」

ウィリアムは言葉につまった。なんていえばいい？　どうすれば、ブレンダに恐竜《きょうりゅう》を見せることなく逃《に》げきれる？

「えっと……いやあ、もう、真夜中なの？」何時かわからなくなったふりをし、せいいっぱいおどろいた顔をした。「じゃあ、そろそろぼくたちも、家に帰るよ」

「ぼくたち？　ぼくたちって、だれよ？」

ブレンダの庭から出ていこうとバックしはじめたウィリアムに、ブレンダはますますうたがいの目を向けた。

「ちょっと、待ちなさいよ！　どこへ行く気？　なにをかくしてるの？」

ウィリアムは足元をよく見ていなかったので、開けはなたれた門から庭の中へ、恐竜《きょうりゅう》のしっぽの先がのびていたことに気づかず、車輪でひいてしまった。

恐竜《きょうりゅう》が、耳をつんざくような悲鳴をあげる。

ガオ――――ッ!!!!!

驚愕《きょうがく》のあまり、だれもなにもしゃべらなかった。

ブレンダはありえない光景を目《ま》の当たりにし、立ちあがりかけたが気絶《きぜつ》して、**バタッ**と雪の中にたおれこんだ。

数分後、ブレンダがようやく目をさますと、ウィリアムが心配そうにのぞきこんでいた。顔にかかった雪を恐竜《きょうりゅう》がなめとっているのに気づき、ブレンダは悲鳴をあげた。

「ウ、ウィリアム。こ……これって……きょ……きょ……」

「恐竜《きょうりゅう》だよ」ブレンダのかわりに、ウィリアムがいった。見られてしまった以上、かくしてもむだだ。胸《むね》をはって、つけくわえた。「サンタからのクリスマスプレゼントなんだ」

ブレンダは目をうたがった。美しい雪結晶《ゆきけっしょう》の模様《もよう》。ダイヤモンドのようにきらめく、淡《あわ》い青色のうろこ――。

「ウソでしょ」

「まあ、そう思うよね」

「食べられたりしないわよね、ね？」ブレンダはゴクリとつばをのみこんだ。

「まさか。襲《おそ》ったりしないよ。ぼくの友だちなんだ」というウィリアムの言葉に、クリスマスサウルスが、誇《ほこ》らしげに頭をあげる。「こいつが、ぼくの秘密《ひみつ》だよ。ぜったい、ぜーったい、秘密《ひみつ》だからね」

　ウィリアムはブレンダを見て、自分の本気が伝わったことをさとった。

　ブレンダは、窓《まど》ごしにママを見た。ママはクリスマスとは無関係の番組をさがして、テレビのチャンネルをつぎつぎと切りかえている。

「じゃあ、取引成立ね。あんたはあたしの秘密《ひみつ》を知ってるし、あたしはあんたの秘密《ひみつ》を知っている。おたがい、ぜったい、だれにもばらさないこと」

　ウィリアムは、ブレンダとしっかり握手《あくしゅ》した。

「うん、ぜったい、だれにもばらさないよ」それで決まりだ。

「ところで、どういう種類の恐竜《きょうりゅう》なの？」庭に恐竜《きょうりゅう》がいることにまだ少し緊張《きんちょう》をかくせないようすで、ブレンダがたずねた。

「そりゃあ……まあ、その、決まってるさ」ウィリアムは、答えを知らないことに気づいた。

「ちょっと、あんた、友だちになった恐竜《きょうりゅう》の種類も知らないわけ？　恐竜博士《きょうりゅうはかせ》なんじゃないの？」ブレンダが、さっそくかみついてくる。

「ぼくが恐竜《きょうりゅう》好きだって、なんで知ってるの？」ブレンダは自分になんの興味《きょうみ》も持っていないと思っていたので、ウィリアムは意外だった。

ブレンダがさっと目をふせる。そのほおが少し赤くなった。

「そ、それは……学校でだれかがいってたからよ」

ウィリアムは恐竜《きょうりゅう》を見て、ブレンダのいうことはもっともだと思った。なぜ、どんな恐竜《きょうりゅう》か、わからないいんだろう？

そうだ、それなら――。

「恐竜《きょうりゅう》の種類なら、あそこでつきとめられる。博物館だよ」ウィリアムは車いすを恐竜《きょうりゅう》のほうへ回転させて、笑顔《えがお》でたずねた。「ほかの恐竜《きょうりゅう》を見てみたい？」

クリスマスサウルスは、はっとした。いま、なんていった？　ほかの恐竜《きょうりゅう》？　ほかにも恐竜《きょうりゅう》がいる？　じゃあ、やっぱり、ぼくだけじゃないんだ！　〝ほかの恐竜《きょうりゅう》〟を見たくてたまらず、うんうん、とうなずいた。

「そんなに遠くないよ」ウィリアムは恐竜《きょうりゅう》にそういうと、ブレンダのほうを向いた。「いっしょに行く？」

けれど、ブレンダは答えなかった。顔から血の気が引いていく。その目は、庭に面した部屋《へや》にいるママをとらえていた。ママは、庭にいる恐竜《きょうりゅう》をまっすぐ見つめている。

とつぜん、窓《まど》の向こうのママが消えた。玄関《げんかん》に向かっているのだ。

「早く、かくさないと」玄関《げんかん》へと向かうママの足音を聞きつけて、ブレンダがいった。

クリスマスサウルスは、後ろにジャンプした。が、ウィリアムにぶつかって、ブレンダが積みあげた雪玉の中にたおれこんだ。すばやく立ちあがったときには、頭に大量の粉雪をかぶっていた。

それを見て、ウィリアムはあることを思いついた。

「早く、雪でかくすんだ」ブレンダのママが玄関《げんかん》の鍵《かぎ》をあける音を聞きながら、ひそひそ声でいう。

ブレンダとウィリアムは大量の雪をすくって、恐竜《きょうりゅう》のうろこにふりかけた。「じっとしてて」ウィリアムはふりかけた雪をかためながら、恐竜《きょうりゅう》に小声でうったえた。ブレンダがマフラーをさっとはずし、雪にうもれた恐竜《きょうりゅう》の太い首に巻《ま》く。

と同時に、ブレンダのママが玄関《げんかん》をあけた。「いったい、なんなの？」玄関《げんかん》から陰気《いんき》な声が飛んでくる。

「あ、あの、こんばんは、ミセス……じゃなくて、ミス……ブレンダのお母さん」ウィリアムは緊張《きんちょう》して、口ごもりながらあいさつした。

「ミス・ペインよ。うちの庭で、なにをしているの？　しかも、真夜中に」ブレンダのママは、ついさっき窓《まど》ごしに見た驚《おどろ》くべき生物をさがして、庭全体に目を走らせながら、つっけんどんにいった。「ついさっき、妙《みょう》な物を……」

「あのね、ママ、ウィリアムといっしょに雪だるまを作ってたの。ほら」

ブレンダは、失敗作としか思えない、でこぼこの〝雪だるま〟のほうへ腕《うで》をふった。

ブレンダのママは〝雪だるま〟をじろじろとながめると、なにかいおうとして、やめた。その目は、雪の下からのぞいている、うっとりするほど美しい青色の目をまっすぐ見つめている。

そのとき、ママがくちびるの端《はし》をつりあげて、しかたないわねとばかりにほほえむのを、ウィリアムは見た。ブレンダにそっくりのほほえみだ。ブレンダもママの笑みに気づく。

ブレンダのママの凍《こお》った心がちょっぴり溶《と》けたのかな、とウィリアムはふと思った。

「もう、いいでしょ」ママは、ぴしゃりといった。「ブレンダ、いますぐ入りなさい」

ブレンダが、そそくさと家にもどっていく。階段《かいだん》をかけあがる音が聞こえた。

「それと、あなた……」

「ウィリアムです、ミス・ペイン」

「いますぐ、帰りなさい」

「もちろんです。メリークリスマス」

ウィリアムはほがらかにあいさつすると、〝雪だるま〟に軽くウインクして、門から外に出た。

ブレンダのママが玄関《げんかん》をしめる。その音を聞いたとたん、ウィリアムはふりかえって、恐竜《きょうりゅう》を待った。恐竜《きょうりゅう》は、すでに雪をふりはらっていた。

「ふう。あぶなかったね」恐竜《きょうりゅう》の頭にコードとモールを巻《ま》きつけながら、ウィリアムはしゃべりかけた。「じゃあ、ほかの恐竜《きょうりゅう》を見にいく？」

恐竜《きょうりゅう》が、おさえた声でうれしそうに吠《ほ》える。

そのとき、「ウィリー坊《ぼう》や」と、小さな声がした。

見れば、ブレンダが自分の寝室《しんしつ》の窓《まど》から、そっと呼《よ》びかけていた。「ほんとに……ほんとに……ありがとうね。困《こま》ったことがあったら、いつでもいって」それだけいうと、窓《まど》をしめて、クリスマスらしくない家の中へ引っこんだ。

ウィリアムは、自分の耳をうたがった。あのブレンダ・ペインと友だちになるなんて。クリスマスの奇跡《きせき》としても、ありえないと思っていたのに。

けれど、背後《はいご》には本物の恐竜《きょうりゅう》がすわっている。しかも、これから世界で一番好きな場所へいっしょに行く。

ウィリアムは、心の中で思わずつぶやいた――今年《ことし》は、最高のクリスマスになりそうだ！

第21章　狩《か》りの始まり

忠犬《ちゅうけん》グロウラーに乾《かわ》いた舌《した》でなめられ、犬の吐《は》く白い息のにおいで、ハンターは目がさめた。

「クソッ、どけ、この薄汚《うすぎたな》いバカ犬めが」

よろよろと立ちあがりながら、毒づいた。いったい、なにがあった？　たしか屋根から落ちて、そして——。

「そうだ、恐竜《きょうりゅう》！　くそっ、逃《に》げられた！」ハンターはうめいた。「いかん。だめだ。不公平だ。だめといったら、ぜったいだめだ！」駄々《だだ》っ子《こ》のように雪を蹴《け》って、わめいた。「あの恐《きょう》竜《りゅう》がほしい！　頭がほしい。剝製《はくせい》にして飾《かざ》りたい。いますぐ、ほしい！」

雪をかぶった植込《うえこ》みからライフルをつかみ、ウィリアムの家へと、通りを足早につっきった。もう、たくさんだ。かくれていられるか。玄関《げんかん》から飛びこんで、堂々と中に入って——。

ウィリアム宅《たく》の門のそばまで来て、立ちどまった。玄関《げんかん》に穴《あな》があいている。恐竜《きょうりゅう》の形をした穴《あな》が。

ふと、足元を見て、息をのんだ。「おおっ、これは……恐竜《きょうりゅう》の足跡《あしあと》だ！」

恐竜《きょうりゅう》の大きな足跡《あしあと》がはっきりと、雪の通りの向こうへつづいていた。恐竜《きょうりゅう》の足と足の間には、ウィリアムの車いすの車輪の細長い跡《あと》もある。

「ハハッ！　見つけたぞ」

かがみこみ、恐竜《きょうりゅう》が踏《ふ》みつぶした雪をごそっとすくって、にやりとした。舌《した》をつきだして、すくった雪をなめてみる。

「うん、うん」恐竜《きょうりゅう》特有の風味を舌《した》でさがしつつ、つぶやいた。「こしゃくな恐竜《きょうりゅう》め、今回弾《たま》が当らなかったのは、ただのラッキーだ。我《わ》が輩《はい》が撃《う》ちそこねることなど、ありえん。ラッキーは二度とないと思え。おい、グロウラー！」忠犬《ちゅうけん》グロウラーが横でさっと緊張《きんちょう》する。「あの恐竜《きょうりゅう》をさがせ」

グロウラーは即座《そくざ》に鼻をひくつかせ、恐竜《きょうりゅう》と車輪の跡《あと》にそって行き来した。においをかぎつけ、興奮《こうふん》してワンと吠《ほ》える。

狩《か》りの始まりだ。

第22章　番号解読《かいどく》

ウィリアムが豆電球のコードを強く引っぱり、クリスマスサウルスをとめた。

そこは、壮麗《そうれい》な建物の入り口だった。雪道から空に向かって柱が何本もすっくとのび、頭上の巨大《きょだい》なアーチにはびっしりと、天使や動物、植物や人間の精巧《せいこう》な彫刻《ちょうこく》がほどこされている。博物館に到着《とうちゃく》だ。

堂々たる建物を見て、北極に似合《にあ》いそうだな、とクリスマスサウルスは思った。

「ね、すごいでしょ?」と、ウィリアム。「でもね、ひとつ問題があるんだ。開館時間じゃないっていう問題が……」

ウィリアムはそういって、どう見ても鍵《かぎ》のかかっている立派《りっぱ》な扉《とびら》を指さした。扉《とびら》の前には、『年明けまで閉館《へいかん》』と書かれた、大きな看板《かんばん》が立っている。

クリスマスサウルスはため息をつき、がっかりしてうなだれた。

「心配しないで」ウィリアムは、ちゃめっけたっぷりに、にやりとした。「秘密《ひみつ》のドアを知ってるんだ」と、アーチの下の暗くてせまい空間を指さす。

そこには、道路からはまず見えない、金属製《きんぞくせい》らしき黒いドアがひとつあった。

クリスマスサウルスは頭をかたむけ、興奮《こうふん》してはしゃぐ子犬のように、しっぽをふりはじめた。こんなにドキドキしたことはない。ほかの恐竜《きょうりゅう》を見られるなんて！　さっそくウィリアムの車いすを引きずって、闇《やみ》にかくれた秘密《ひみつ》のドアのほうへ走っていった。

が、急に立ちどまった。

階段《かいだん》がある。

その小さな秘密《ひみつ》のドアは、氷におおわれた大きな階段《かいだん》の上にあった。とくに頭がいいわけではないが、ウィリアムの車いすが階段《かいだん》をのぼれないことくらいはわかる。

「昼間なら、車いす用のスロープを使うんだけど……」と、ウィリアム。「スロープだと、このドアじゃなくて、正面玄関《げんかん》にしか行けないんだ」

さすがのウィリアムも、そこまでは考えていなかった。やっぱり、今日は無理かな――。

けれどクリスマスサウルスは、これしきの階段《かいだん》でほかの恐竜《きょうりゅう》に会えないなんて、納得《なっとく》がいかない。そこでウィリアムのほうを向き、車いすのとなりにペタンとすわって、軽くうなった。

ウィリアムは、即座《そくざ》に恐竜《きょうりゅう》の心が読めた——**背中《せなか》に乗って。**

ウィリアムはためらうことなく、ありったけの力をふりしぼり、車いすから恐竜《きょうりゅう》の背中《せなか》へ、わくわくしながら移《うつ》った。恐竜《きょうりゅう》にあちこち軽くおしてもらい、ようやく背中《せなか》にまたがると、恐竜《きょうりゅう》と車いすをつなぐ豆電球のコードをはずした。

　恐竜《きょうりゅう》が腰《こし》をあげ、階段《かいだん》をのぼっていく。

「うん、いいね、これ。学校にも、こうやっていけたらいいのになあ」

　階段《かいだん》をのぼりきり、闇《やみ》にかくれた秘密《ひみつ》のドアにたどりつくと、クリスマスサウルスはドアをそっとおした。ところが、鍵《かぎ》がかかっていた。

　と、ウィリアムがドアの横を指さした。数字がならんで光っている、小さなキーボードがある。「暗証《あんしょう》番号を入力しないといけないんだ」

　クリスマスサウルスは、こんな奇妙《きみょう》な装置《そうち》を見たことがなかった。北極は魔法《まほう》で守られているので、キーボードも暗証《あんしょう》番号もない。

「番号をどうやって割《わ》りだすか、ぼく、知ってるんだ」ウィリアムは、得意げにいった。「といっても、単純《たんじゅん》なんだけどね。映画《えいが》で見たことがあるんだ。今夜はめちゃくちゃ寒いから、キーボードも凍《こお》ってる」と、小さなキーボードを指さす。「ね、キーの表面が白くなってるでしょ……三つのキー以外は」

クリスマスサウルスは白く凍《こお》ったキーボードをながめ、においをかいでみた。正直、わけがわからない。

「三つのキーが凍《こお》ってないのは、今日《きょう》、何度もおされたから。氷が溶《と》けちゃったんだよ」ウィリアムは説明した。「つまり、暗証番号《あんしょう》は、この三つの数字のくみあわせってこと」

クリスマスサウルスはキーボードをじっと見つめ、ウィリアムのいう意味がようやくわかった。たしかに三つのキーだけは、表面が白くない。

「つまり、この三つの数字を正しい順番にならべるだけでいいんだ。凍《こお》っていない数字は、1と2と4。じゃあ、最初からやってみよう」

ウィリアムは、キーボードへと震《ふる》える手をのばし――恐竜《きょうりゅう》のパジャマとうすいガウンしか着ていないので、冷えきっていたのだ――1をおした。

ピー! 赤い小さな光が灯った。

「チェッ。赤い光は、ちがうって意味だよ」ウィリアムは、恐竜《きょうりゅう》に説明した。「1から始まる番号じゃないんだね」

凍《こご》える指で、2をおした。

ピーピー！　今度は、小さな緑の光が灯った。

「よーし！　いまのは、あたりって意味だよ。暗証番号《あんしょうばんごう》の頭は2だ」ウィリアムは、興奮《こうふん》してドキドキした。指をのばし、また番号をおす。「じゃあ、次は4だ」

ピー！　また赤い光が灯った。はずれだ。

ウィリアムはしばらく考えてから、最初からやりなおし、まず2をおした。

ピーピー！　緑の光が灯る。

次の数字は、4でないなら1しかない。1で正しいはずだ。1のキーをおし、緑の光を待つ。

ピー！　赤い光が灯った。はずれだ。

ウィリアムは、恐竜《きょうりゅう》の背中《せなか》でうなだれた。急に、扉《とびら》をあけられない気がしてきた。

「ごめんね。暗証番号《あんしょうばんごう》を割《わ》りだすのは無理かも。あーあ、ぜんぜん使えない方法だね。せっかくのクリスマスイブがだいなしだ」

そのとき遠くで、**カラン！**　と一回、大きな音が町中に響《ひび》きわたった。午前一時をつげる時計台の鐘《かね》の音だ。

「あっ、そうか。もうクリスマスイブじゃなくて、クリスマスか。あーあ、せっかくのクリスマスが……ん？　ちょっと待った」ウィリアムは、あることを思いついた。「きのうはクリスマスイブで、12月24日。凍《こお》っていないキーは、2と4……きのうは2と4……」

脳《のう》みその歯車が時計台の針《はり》よりも早く動いて、カチッとはまり、ウィリアムはひらめいた。

「たとえば、もし……」最後にもう一度、キーのほうへ身をのりだしながら、考えを声に出した。「……暗証番号《あんしょう》が、日付だとしたら？」

今日の日付の最初の番号「2」を、すばやくおした。

ピーピー！　緑の光がおどった。

「もしそうなら、真夜中をすぎると番号が変わって、数字のひとつが外れる……」

手をのばし、新しいキーをおした。凍《こお》っている数字の「5」だ。

ピーピー！　また、緑の光がおどる。

もしかしたら、あたりかも――。震《ふる》える指で、次の番号「1」をおした。

ピーピー！

興奮《こうふん》した顔に緑の光を浴びながら、最後の数字「2」をおした。

ピーピーピー！……カチャ！

ロックが解除《かいじょ》された。

「大あたりだ！　2、5、1、2……十二月二十五日……今日の数字だ。メリークリスマス！」

やったぞ、と宙《ちゅう》にこぶしをつきあげた。と同時に、クリスマスサウルスが鼻でそっとドアをおす。

こうしてウィリアムとクリスマスサウルスは、博物館の中へ入りこんだ。

第23章　博物館の亡霊《ぼうれい》

ウィリアムの夜は、ますます熱を帯びてきた。サンタが本物の恐竜《きょうりゅう》を連れてきて、しかもその背中《せなか》にまたがって、真夜中の博物館を歩きまわるとは！　なんと大胆《だいたん》な冒険《ぼうけん》だろう。

ウィリアムは、恐竜《きょうりゅう》をあやつってメインホールへと進んだ。とほうもなく広い、とても印象的な部屋《へや》で、中央に驚《おどろ》くべきものがある。木よりも高く、列車くらい長い、一頭のディプロドクスの巨大《きょだい》な骨格《こっかく》だ。この巨大骨格《きょだいこっかく》は、この博物館でウィリアムのお気に入りのひとつだった。

クリスマスサウルスは目をうたがった。こんなに大きな恐竜《きょうりゅう》は、いままで見たことがない――ほかの恐竜《きょうりゅう》は、こんな感じなのかな？

恐竜《きょうりゅう》の巨大《きょだい》な骨格《こっかく》へ近づいていくと、そのとなりに、恐竜《きょうりゅう》の生前の姿《すがた》や、住んでいたと思われる場所のデッサンと絵が展示《てんじ》してあった。緑豊《ゆた》かで、暑そうな場所らしい。クリスマスサウ

ルスの北極とは、似《に》ても似《に》つかない場所だ。

閉館《へいかん》後の博物館は暗い。展示品《てんじひん》や陳列《ちんれつ》物を照らす照明はすべて消え、ゆいいつの明りは外の街灯のみ。色とりどりのステンドグラスの窓《まど》を通りぬけ、豊《ゆた》かな色彩《しきさい》を帯びた光が、不規則《ふきそく》に差しこんでくる。光そのものはきれいだが、命なき骨格《こっかく》にふりそそぎ、大理石の床《ゆか》に長くゆがんだ影《かげ》を投じて、少々不気味だ。

ウィリアムはこの博物館で恐怖《きょうふ》を感じたことなど一度もないが、いまはこわかった――ひとりじゃなくて、よかった！

背《せ》にまたがった恐竜《きょうりゅう》の足音が、部屋《へや》から部屋《へや》へと響《ひび》いた。あらゆる廊下《ろうか》、あらゆる階段《かいだん》を通りぬけ、はるか遠くまで響《ひび》いていき、天井《てんじょう》にはねかえってもどってくる。おかげで、立ちどまっても、背後《はいご》でだれかが歩いているような気がしてならない。

ウィリアムはびくびくしながら、肩《かた》ごしに何度もふりかえり、だれかいないかたしかめた。館内に警備員《けいびいん》はいるだろう。いまのは、幽霊《ゆうれい》のように宙《ちゅう》をただよう恐竜《きょうりゅう》の足音？　それとも、ほかのだれかの足音？

そう、幽霊《ゆうれい》――。幽霊《ゆうれい》が出る場所があるとしたら、きっと博物館だと、ウィリアムは昔から思っていた。博物館には、世界中で発掘《はっくつ》された古代の遺物《いぶつ》がつまっている。死者の棺《ひつぎ》、墓《はか》から掘《ほ》りだされたエジプトのファラオのミイラ。鳥類、魚類、船をも沈《しず》める深海の巨大《きょだい》イカなど、ありとあらゆる動物。動物の目玉がつまった瓶《びん》。ガラスケースに展示《てんじ》された無数の昆虫《こんちゅう》。どれもとうに死んでいるが、それぞれ亡霊《ぼうれい》となって、古代からずっとさまよっているのでは――？

ウィリアムは、思わず身ぶるいした。ウィリアムの恐怖《きょうふ》が伝わったのか、恐竜《きょうりゅう》も忍《しの》び足《あし》になる。

「そっちに行って」ウィリアムが恐竜《きょうりゅう》に耳打ちした。

廊下《ろうか》を進み、木製《もくせい》の大きな二枚扉《まいとびら》にたどりついた。扉《とびら》の上の案内には、〈**恐竜**《きょうりゅう》〉と書いてある。

「よし、きみがどんな種類の恐竜《きょうりゅう》か、見てみよう」

恐竜《きょうりゅう》が頭で扉《とびら》をおしあけた。中に入ると、ウィリアムはドアをしめた。これで、ちょっぴり安心できる。

この部屋《へや》は、まさに恐竜《きょうりゅう》のオンパレードだった。恐竜《きょうりゅう》の骨《ほね》、恐竜《きょうりゅう》の化石、恐竜《きょうりゅう》の骨格《こっかく》、恐竜《きょうりゅう》の絵、壁《かべ》に印刷された恐竜《きょうりゅう》の知識《ちしき》、コンクリートの床《ゆか》にかたどられた恐竜《きょうりゅう》の足跡《あしあと》。どこを見ても、恐竜《きょうりゅう》一色だ。

クリスマスサウルスは目に涙《なみだ》をためながら、すべてを頭に入れようとした。そんなクリスマスサウルスの頭を、ウィリアムはなぐさめるようになでてあげた。ここにあるのは、クリスマスサウルスが会いたいと思いつづけた恐竜《きょうりゅう》ではなかったが、すばらしいことに変わりはない。まず目に飛びこんできたのは、大きくて肉付きのよいトリケラトプスのロボットだった。近づくと自動的にスイッチが入って、デジタルの鳴き声を発し、頭を何度も上下にふった。先のとがった角が三本、頭に生えている。

「ちがう。きみは、ぜったい、トリケラトプスじゃない」と、ウィリアム。

そのまま、次の展示《てんじ》へ進んだ。

「うーん、Tレックスか……」

強大なティラノサウルス・レックスの丈《たけ》のある骨格《こっかく》に近づきながら、ウィリアムはいった。Tレックスはカミソリのような歯をむきだして、こっちを見下ろし、にやりとしているようだ。ただの骨格《こっかく》だとわかっていても、ぞっとする。

「ううん、きみはTレックスでもない。こわすぎるよ」

クリスマスサウルスも、そのとおりだと思った。Tレックスには、会いたくない。

そのあとも、クリスマスサウルスと同じ恐竜《きょうりゅう》はいないかと、展示物《てんじぶつ》をつぎつぎと見ていった。背中《せなか》にトゲのあるステゴサウルスを見て、クリスマスサウルスは首をふり、ウィリアムも

「ちがう！」と声をあげた。

狂暴《きょうぼう》そうなベロキラプトルを見て、クリスマスサウルスは不満げにふーっと低くうなり、ウィリアムも「うん、ぜったいちがう」とうなずいた。

おどろくほど背《せ》の高いブラキオサウルスを見て、クリスマスサウルスはつまさき立ちして、ため息をついた。「これも、ちがうね」と、ウィリアム。

そのあともさがしつづけたが、だんだん見つからないような気がしてきた。

「きみみたいな恐竜《きょうりゅう》は、どこにもいない……。きみは、いったい、どんな種類の恐竜《きょうりゅう》なのかな？」ウィリアムは、とまどいをかくせなかった。

そのとき、クリスマスサウルスは頭上であるものを見て、心臓《しんぞう》がぐるぐる回っているのかと思うほど、胸《むね》がドキドキしてきた。ウィリアムも顔をあげ、クリスマスサウルスが見とれているものを見る。

それは天井《てんじょう》からつるされた、優雅《ゆうが》に空を飛んでいるような、一頭のみごとな翼竜《よくりゅう》だった。

「あれは、プテロダクティルス。空飛ぶ恐竜《きょうりゅう》だよ」ウィリアムが説明する。

クリスマスサウルスはすっかり興奮《こうふん》し、ウィリアムを落としかねない勢《いきお》いで、回転したりジャンプしたりした。あの恐竜《きょうりゅう》は、恐竜《きょうりゅう》でも空を飛べる、なによりの証拠《しょうこ》だ！

「ちょ、ちょっと、落ちついて！」ウィリアムはさけんだ。「プテロダクティルスが飛べるのは、翼《つばさ》があるからだよ」

クリスマスサウルスは顔をあげ、プテロダクティルスの両脇《りょうわき》に広がる大きな翼《つばさ》を見た。

「翼《つばさ》を持つ生き物だけが、飛べるんだ」ウィリアムが説明する。

けれどクリスマスサウルスは、そうじゃないことを知っていた。翼《つばさ》がないのに空を飛べる生き物を、八頭知っている。現《げん》に今夜、八頭のトナカイが空を飛ぶのを見たばかりだ。

そのとき、静まりかえった博物館に、奇妙《きみょう》な声が響《ひび》きわたった。「ホー、ホー、ホー！　メリークリスマス！」

陽気な太い声。サンタだ！

サンタが博物館にいる？　本当に？　クリスマスサウルスは、声のしたほうへかけだした。声を追ってたどりついたのは、となりのギフトショップだった。そこは、上から下まで、クリスマスらしく飾《かざ》ってあった。モール、ベル、銀色の細長い飾《かざ》り、ガラス玉など、すべての飾《かざ》りがそろっている。それもそのはず、ここはボブの職場《しょくば》だった。

ショップに入ってすぐ、原石と化石売り場のカウンターの上に、エルフよりも小さいプラスチック製《せい》のミニサンタがひとつ、置いてあった。ミニサンタの人形は数分ごとに手をふって、あらかじめ録音されたメッセージのどれかを鳴らすしかけになっている。

クリスマスサウルスは、がっかりしてうなだれた。ニセの恐竜《きょうりゅう》のあとは、ニセのサンタか――。そのとき、あるものを目にして、パッとひらめいた。

ショップの真ん中に、売りもののクリスマスカードが大々的に陳列《ちんれつ》してある。クリスマスサウルスは速足で近づいて、華《はな》やかなカードの列を順番に見ていった。

「えっと、なにをさがしているの？」ウィリアムはわけがわからず、とまどっている。

クリスマスサウルスは、急にしっぽをふりはじめた。さがしていたものを、見つけたのだ。

ぬれた舌《した》で一枚《まい》のクリスマスカードにそっとふれると、カードが切手のように貼《は》りついた。

そのまま、さっきの恐竜展示室《きょうりゅうてんじしつ》にとってかえし、〈ステゴサウルス〉と書かれた札《ふだ》にドタドタと近づいた。クリスマスカードを口の中で少しずつちぎり、厚紙《あつがみ》の切《き》れ端《はし》を床《ゆか》に落としていく。

それを終えると、残ったカードを舌《した》で札《ふだ》の上にていねいに貼《は》りつけて、完成した札《ふだ》をウィリアムに見せようと下がった。

クリスマスサウルス

「クリスマスサウルス……きみは、クリスマスサウルスっていう恐竜《きょうりゅう》なの？」

クリスマスサウルスはウィリアムを乗せたまま、そわそわと軽く飛びはねた。

「へーえ。クリスマスサウルスっていうのは、初耳だよ。仲間はいるの？」

クリスマスサウルスは即座《そくざ》に足をとめ、悲しそうに首をふった。

「じゃあ、きみだけ？」

クリスマスサウルスがうなずく。

「じゃあ、この世に一頭きりのクリスマスサウルスだ！」

ウィリアムは部屋《へや》全体に声を響《ひび》かせながら、両腕《りょううで》を宙《ちゅう》につきあげた。その声は悲しそうではなく、むしろ誇《ほこ》らしげだった。

クリスマスサウルスは、急に明るい気持ちになった。一頭きりでも、そう悪くないのかも——。まわりに展示《てんじ》されている骨《ほね》や骨格《こっかく》を見わたすうち、背後《はいご》の壁《かべ》のあるものが目にとまった。それは広大なジャングルの壁画《へきが》だった。炎《ほのお》をあげて燃《も》える石がいくつも空をよぎる、見るからにおそろしげな光景だ。とても住みたいとは思わない。

「きみは、そこに住んでるんだよね」と、ウィリアム。

クリスマスサウルスは、即座《そくざ》に首をふった。ぜんぜんちがう。こんな焦熱《しょうねつ》の場所じゃない！

恐竜展示室《きょうりゅうてんじしつ》からギフトショップへ、ウィリアムを乗せて足早にもどった。ギフトショップには、北極の写真や絵がついたクリスマスカードやクリスマスプレゼントがたくさんある。故郷《ふるさと》にぴったりの図柄《ずがら》はひとつもなかったが、恐竜展示室《きょうりゅうてんじしつ》のおそろしげな壁画《へきが》よりは、北極に近い。北極と、オーロラと、サンタと空飛ぶトナカイたちのクリスマスカードを選んで、まとめてくわえ、選んだ図柄《ずがら》が見えるよう、床《ゆか》に落とした。

ウィリアムは身を乗りだしてそれをながめ、クリスマスサウルスの目に浮《う》かんだ愛情《あいじょう》を見て、これが故郷《ふるさと》なのだとさとった。

「きみは、ここに住んでるの？　北極に？」

クリスマスサウルスが、しょげかえったようすでため息をついて、うなずく。

もしかしたらこの恐竜《きょうりゅう》は、クリスマスプレゼントじゃなかったのかも——。ウィリアムは、そんなことを思いはじめた。ひょっとして、なにかのまちがい？　この子は迷子《まいご》？

「そろそろ、家に帰ろうか」

ウィリアムがいったとたん、外で時計台の鐘《かね》が**カラン！　カラン！**　と二度鳴った。博物館に来て、一時間がたっていた。

クリスマスサウルスは広大なメインホールへと向かい、巨大《きょだい》なディプロドクスを通りすぎ、秘密《ひみつ》のドアから外に出た。階段《かいだん》をゆっくりとおりて、ウィリアムを車いすへと連れていく。車いすの座席《ざせき》には、雪が軽く積もっていた。

車いすに近づくにつれて、ウィリアムは異変《いへん》に気づいた。座席《ざせき》の下から、なにかが飛びだしていた。ふだんは教科書を入れるのに使っている座席《ざせき》の下のかごに、まだら模様《もよう》の大きなものが引っかかっている。

「あれ、なんだろう？」

クリスマスサウルスの背中《せなか》から車いすへ、ゆっくりとおりながら、ウィリアムは手をのばして引っぱってみた。何度か強く引っぱってようやく、かごから外れた物を、膝《ひざ》に乗せた。それは、大きなしわくちゃのプレゼントだった。

「あっ、クリスマスプレゼントだ！　そういえば、これがベッドの上に乗っているのを見たような……」

はっとして、口をつぐんだ。だんだんわかってきたのだ。あわててプレゼントの包装《ほうそう》をとくと、自分を見つめる金色の目があらわれた。

ウィリアムは息をのんだ。こんなにすてきな恐竜《きょうりゅう》のぬいぐるみは、見たことがなかった。なめらかな赤い縫《ぬ》い目《め》を指でなぞり、雪結晶《ゆきけっしょう》の模様《もよう》がついたすべすべの生地をなでてみる。目の前に持ちあげてくらべると、クリスマスサウルスと瓜《うり》ふたつだ。

ウィリアムは息がつまりそうになった。

クリスマスサウルスは興奮《こうふん》して飛びはね、恐竜《きょうりゅう》のぬいぐるみをウィリアムのほうへ軽くおす。

ウィリアムはすべてを理解《りかい》した。この恐竜《きょうりゅう》のぬいぐるみこそが、クリスマスプレゼントだったのだ。

「サンタのクリスマスプレゼントは、本物の恐竜《きょうりゅう》じゃなかった。このぬいぐるみだったんだね。とすると、きみは……」クリスマスサウルスが空を見あげ、空をよぎる飛行機に向かって、遠吠《とおぼ》えのような声で鳴く。「……迷子《まいご》になっちゃったんだね」

そのとき、世にも奇妙《きみょう》なことが起きた。ウィリアムの腕《うで》とうなじの毛が、いっせいに逆立《さかだ》ったのだ。外はかなり冷えていたが、寒くて鳥肌《とりはだ》が立ったのではない。だれかの視線《しせん》を感じたから、毛が逆立《さかだ》ったのだ。

つづいて不快《ふかい》な刺激臭《しげきしゅう》がただよってきて、ウィリアムの鼻を刺激《しげき》した。鼻が曲がるかと思うほど、きついにおい。煙《けむり》のようなにおい。

そう、パイプの煙《けむり》のにおいだ。

ハンターがせまっていた。

第24章　初飛行

バーン！　銃弾《じゅうだん》が一発、ウィリアムとクリスマスサウルスをかすめ、猛《もう》スピードで宙《ちゅう》をつっきった。背後《はいご》の街灯に命中し、ガラスが砕《くだ》けて路上に飛びちる。

「いまのは警告《けいこく》だ」通りのはるか向こうから、悪意のこもった声が飛んできた。「小僧《こぞう》、さっさと恐竜《きょうりゅう》から離《はな》れろ。それとも、我《わ》が輩《はい》の壁《かべ》にいっしょに飾《かざ》られたいか。おまえの小さな頭くらい、よゆうで飾《かざ》れるぞ」

ウィリアムは途方《とほう》にくれた。心臓《しんぞう》が胸《むね》の中で踊《おど》りくるい、脳《のう》みそが時速約百五十キロでフル回転する。ついさっき、最高のクリスマスになると思ったのに、ライフルを持った狂暴《きょうぼう》な男があらわれるとは！

とっさに知恵《ちえ》をめぐらして、恐竜《きょうりゅう》のぬいぐるみを包装紙《ほうそうし》でくるみ、車いすの下のかごにつっ

こむと、クリスマスサウルスの首に豆電球のコードを巻《ま》いて絶叫《ぜっきょう》した。「走れ！」

クリスマスサウルスは、即座《そくざ》に走りだした。車いすのウィリアムとぬいぐるみの恐竜《きょうりゅう》を引きずっていても、なお速い。

「待て！　こら！　待たんか！」貴重《きちょう》な獲物《えもの》が逃《に》げだしたのを見て、ハンターがさけんだ。

バーン、バーン！　銃弾《じゅうだん》がつづけて宙《ちゅう》を切り、雪をまっぷたつに裂《さ》いたが、クリスマスサウルスとウィリアムには当たらない。そのくらい、速かった。

「グロウラー、つかまえろ」

ハンターの命令をうけて、忠犬《ちゅうけん》グロウラーは猛《もう》スピードで飛びだし、クリスマスサウルスたちを追った。

「速く、クリスマスサウルス、もっと速く！」

かがんで銃弾《じゅうだん》をよけつつ、命がけでクリスマスサウルスにしがみつきながら、ウィリアムは絶叫《ぜっきょう》した。車いすの中でかがんでいるので、クリスマスサウルスの向かう先が見えない。蛇行《だこう》しながら路肩《ろかた》の車と車の間をすりぬけ、博物館に面した通りを猛《もう》ダッシュしていることしかわからない。

ん？　博物館に面した通りは、たしか――。ウィリアムは、とつぜん、さけんだ。「そうだ、行きどまりだ！」

レンガの壁《かべ》に激突《げきとつ》する寸前《すんぜん》に、クリスマスサウルスがかぎづめを雪に食いこませ、スリップしながらとまる。

追いつめられてしまった。

まっすぐのびた長い通りの行きどまりで、クリスマスサウルスとウィリアムはふるえながら敵《てき》を待った。片側《かたがわ》には巨大《きょだい》な博物館、向かい側も鍵《かぎ》のかかったオフィスビルのみ。通りの出入り口はひとつきり。その出入り口に、獰猛《どうもう》な歯をむきだしたグロウラーが、角を曲がってあらわれる。これで、逃《に》げるチャンスの芽もつまれた。

ほどなく、ハンターもグロウラーに追いついた。ライフルをかまえ、クリスマスサウルスとウィリアムに銃口《じゅうこう》を向ける姿《すがた》が、遠くに見える。

「グロウラー、よくやった」ハンターはポケットから生肉を一枚《まい》とりだし、ほうびとしてグロウラーにあたえた。「小僧《こぞう》、そこまでだ。もう、逃《に》げられんぞ。ハッ！　逃《に》げたければ、空でも飛ぶんだな」

そのとき、ウィリアムはクリスマスサウルスの目を見て、見たことのない光を放っていることに気がついた。まるで、別の恐竜《きょうりゅう》に変身したみたいだ。

クリスマスサウルスがウィリアムのほうをふりかえる――。

クリスマスサウルスの思いをくみとって、ウィリアムはささやいた。「そうだよ。飛ぶんだ」

頭の中に、ボブの声が響《ひび》く――「信じるからこそ、見えるんだ」

ウィリアムは、クリスマスサウルスの目をまっすぐ見ていった。

「きみなら飛べる。恐竜《きょうりゅう》が存在《そんざい》するなんて、ぼくは夢《ゆめ》にも思わなかった。本物の恐竜《きょうりゅう》と友だちになれるなんて、夢《ゆめ》にも思わなかったんだ。でも、いま、きみがいる。いままで思ってもみなかったことが、今夜はいろいろ起きた。可能《かのう》なのかもしれないけれど、不可能《ふかのう》だと思いこんでいた、いろいろなことが……。信じるからこそ、起きるんだ。だからね、クリスマスサウルス。ぼくは、信じる」ウィリアムは、本気だった。「きみが空を飛べるって、信じるよ！」

ウィリアムがいいきった瞬間《しゅんかん》、おどろくべきことが起きた。クリスマスサウルスと車いすをつなぐコードの豆電球が、いっせいに光ったのだ。ウィリアムが見たことがないほど、強く明るく光っている。

クリスマスサウルスも、変化を感じとっていた。百個《こ》ものきらめく光に包まれた瞬間《しゅんかん》、クリスマスサウルスの中でなにかが変わった。いまのクリスマスサウルスは、空を飛ぶ自信があった。飛びたいと思うだけでなく、飛べると信じていた。

クリスマスサウルスは、全速力で駆《か》けだした。光りかがやく電球コードと車いすを引きながら、これまでにないスピードで、ハンターに向かって突進《とっしん》した。

「な、な、なんだ？」ハンターは、どなった。「いますぐ、とまれ！」

けれど、とまる気配はない。それどころか、ぐんぐん、ぐんぐん、加速する。

「三つ数える。数え終わるまでにとまらないと、小僧《こぞう》、おまえも恐竜《きょうりゅう》も終わりだ！」

声をはりあげたが、クリスマスサウルスはスピードをゆるめない。

「一！」

クリスマスサウルスはさらに加速した。「きみなら、できる！」ウィリアムがさけぶ。

「二！」ハンターはライフルをかたくにぎりしめて、さけんだ。クリスマスサウルスのストライドが長くなり、足を踏《ふ》みだすたびに少しずつ高くなる。

「三！」ハンターが絶叫《ぜっきょう》し、片目《かため》をとじて狙《ねら》いをつけた、まさにそのとき――。

クリスマスサウルスは最後に一歩、足を大きく踏《ふ》みだし、えいやっとジャンプして、空に飛びだした。

そのまま、**空を飛んでいた！**

ハンターとグロウラーは、車いすを引っぱって飛びあがったクリスマスサウルスの、飛行コースの真下に立っていた。鳥打帽《とりうちぼう》のクジャクの羽を、車いすの車輪がかすめる。ハンターはぎょっとしてライフルを落とし、グロウラーとともにあわててふせた。

「そ、そ、空飛ぶ恐竜《きょうりゅう》だと？」クリスマスサウルスとウィリアムが空に舞《ま》いあがり、通りの上空を猛《もう》スピードで通過《つうか》する。ハンターは、驚愕《きょうがく》して口ごもった。「空飛ぶ恐竜《きょうりゅう》？　おお、なにがなんでも、手に入れるぞ！」頭のネジが飛んだかのように、空に向かってわめきちらす。

ウィリアムは光りかがやくコードをつかみ、クリスマスサウルスをあやつって、壮麗《そうれい》な博物館の上空を旋回《せんかい》した。空から見る博物館は、いっそう魅力的《みりょくてき》だった。それどころか、すべてが魅力《みりょく》を増《ま》していた。生まれ故郷《こきょう》の雪道、遠くに見える時計台、雪をかぶった屋根のつらなり――。すべてが、魔法《まほう》の世界のように見えてくる。

けれど最大の魔法《まほう》は、すぐ目の前にいる――。ウィリアムは、あらためてそう思った。車いすをそりのように引っぱって、クリスマスの夜空をつっきる魔法《まほう》。その名は、空飛ぶ恐竜《きょうりゅう》だ！

第25章 キャンディー棒《ぼう》

ウィリアムとクリスマスサウルスは、空をどんどん高くのぼっていった。まさに天にも昇《のぼ》る心地《ここち》だった。今夜は断《だん》トツで、まちがいなく、最高に気分のいい、最高に楽しい夜だ。

次から次へといろいろあって、すっかり興奮《こうふん》したせいで、ウィリアムは急に疲《つか》れを感じた。パワーメーターはすでにゼロ。バッテリー切れだ。クリスマスサウルスに引っぱられているので、いまは危険《きけん》も感じない。魔法《まほう》の力で心の中があたたまり、強い眠気《ねむけ》にさそわれる――。

夜間飛行するクリスマスサウルスに引っぱられ、高度二万フィートの上空を飛びながら、いつのまにかウィリアムは、いびきをかいて眠《ねむ》っていた。

とつぜんの閃光《せんこう》に、ウィリアムははっとして目がさめた。

どのくらい、眠《ねむ》っていた？　ほんの数分、うとうとしただけじゃないの？

車いすから下をのぞくと、そこに見なれた町の通りや家々はなかった。いまは、真っ白な雪をかぶった山々しかない。

何時間も眠《ねむ》っていたようだ。

雪の降《ふ》る新鮮《しんせん》な空気が、ほおに冷たい。恐竜《きょうりゅう》のパジャマの上になにか着てくればよかったと思いながら、ウィリアムはうすいガウンのそでに両手をつっこんだ。

そのとき——**ピカッ！**

また光った。緑がかった青い光があたりをゆらす勢《いきお》いで、空全体をパッと照らす。

オーロラだ！

クリスマスサウルスは興奮《こうふん》して、うれしそうに吠《ほ》えた。もうすぐ故郷《ふるさと》に帰れるぞ！　ぐんぐん、ぐんぐん、急上昇《きゅうじょうしょう》し、ついに月をあおいで垂直《すいちょく》になった。

「ちょ……ちょっと……な……なんだよ？」

ウィリアムは車いすに必死にしがみつき、クリスマスサウルスに向かってさけんだ。幸いにも、シートベルトはまだ残っている。あわててバックルを留《と》めた瞬間《しゅんかん》、クリスマスサウルスがオーロラを通りぬけて宙返《ちゅうがえ》りをした。

ウィリアムはこわかったが、誘惑《ゆうわく》に勝てず、逆《さか》さまになっているときに、オーロラの美しい光に手を入れてみた。生まれて初めての感覚だ。光という気がしない。あたたかい溶《と》かしバターの中に手をくゆらせているみたいだ。

いっぽうパイロットのクリスマスサウルスは、回転にひねりをくわえ、さらに大胆《だいたん》な曲芸飛行に挑戦《ちょうせん》する。

ようやく水平にもどったとき、ウィリアムは気持ちわるくて、車いすの外に少し吐《は》いてしまった（本人は知らないが、ゲロが落下した先は、あるエルフの家の屋根だった）。

クリスマスサウルスがフンと鼻でわらい、眼下《がんか》の巨大《きょだい》な山々に向かっておりていく。

「なにがおかしいんだよ！」ウィリアムは、また吐《は》きそうになりながらいった。

クリスマスサウルスは、けわしい斜面《しゃめん》の割《わ》れ目《め》を優雅《ゆうが》に縫《ぬ》うようにして、つぎつぎと通りぬけていく。山を抜《ぬ》けると視界《しかい》がひらけ、果てしなくつづく真っ白な雪原があらわれた。

クリスマスサウルスは、軽く地面に衝突《しょうとつ》して着地した。初めての着地としては、悪くない。長年、トナカイたちを観察してきた成果だ。

そこは、一面の銀世界だった。ウィリアムはあたりを見まわしたが、みごとなまでになにもない。三百六十度ぐるっと見まわし、はるばる飛んできた先に、なにもないのを確認《かくにん》した。

ところが、クリスマスサウルスはなぜか、うれしくてたまらないようだ。小犬のようにしっぽをふり、ウィリアムが初めて聞く変わった声で吠《ほ》えながら、さかんにジャンプしている。道に迷《まよ》ったようには見えない。それどころか、最初からここをめざしていたようだ。

「ええっとさ、クリスマスサウルス、ここは……どこ？」

クリスマスサウルスはピタッと止まり、なにをいってるんだ、とばかりにウィリアムを見た。楽しそうに軽く一回吠《ほ》えて、頭を軽くまわし、気づいてくれとウィリアムに合図する――あそこに決まってるでしょ！

「でも……なんにもないよ」ウィリアムは正直にいった。本当になにも見えないのだ。

なんでわからないのかなあ、と困《こま》ったように、クリスマスサウルスは首を横にふった。

ウィリアムがようすを見ていると、クリスマスサウルスは急にいらいらともがき、豆電球のコードを外そうとした。ウィリアムは車いすごと近づいて、一晩中《ひとばんじゅう》手綱《たづな》がわりにしてきたコードを外してあげた。ところが、クリスマスサウルスの頭に巻《ま》きついた最後のコードをはずした瞬間《しゅんかん》、ありえないことが起きた。

ポン！　と音がして、クリスマスサウルスが消えたのだ。

すぐ目の前にいたのに、あっけなく、いきなり消えた。

ウィリアムは、あたりを見まわした。これって、なにかのトリック？

「おーい」大声で呼《よ》んでみたが、声は凍《い》てつく風に乗って、なにもない世界へ飛ばされていった。

どこもかしこも、雪しかない。光の失せた豆電球のコードとともに、ぽつんととり残されてしまった。心細くて、こわくなってくる。

突風《とっぷう》が音を立てて吹《ふ》きぬけていく――。ふと、ささやきが聞こえた気がした。言葉までは聞きとれなかった。言葉というより、音に近い。

「だれかいるの？　クリスマスサウルス？」

また風が吹《ふ》きぬけ、同じささやきが聞こえる。

すばやく周囲に目をこらした。ふしぎなことに、もう、ひとりぼっちという気がない。一面なにもない銀世界なのに、また、だれかの視線《しせん》を感じる。そのとき、また音がした。

ポン！

手をひさしにし、ふってくる雪をさえぎって、目をこらした。あいかわらず、はるか遠くの山々まで、雪原しかない。

そのとき、なにかが目にとまった。なにもないわけではなかったらしい。数メートル先に、小さなものが雪から飛びだしている。

車いすごと近づいて、雪の中から引きぬくと、紅白《こうはく》にきらめく、おいしそうなキャンディー棒《ぼう》が一本、あらわれた。こんなもの、さっきまでなかったのに！　しげしげとながめてみた。少々大きくて、ちょっと重くて、やけに立派《りっぱ》だが、クリスマスツリーにつるすキャンディー棒《ぼう》にそっくりだ。手の中でころがすうち、平らな底に整った小さな文字《もじ》でなにか書いてあるのに気づいた。底に文字《もじ》が書いてあるロックキャンディーみたいだ。

その整った小さな文字《もじ》は、〈ウィリアム・トランドル〉とつづってあった。

ええっ！　なぜ、ぼくの名前が？　ひょっとして、食べろってこと？

なにもない広大な雪原を見まわし、だめもとだと腹《はら》をくくって、キャンディー棒《ぼう》を一口かじった。すると――。

ポン！

かんだ瞬間《しゅんかん》、摩訶不思議《まかふしぎ》なことが起こった。といっても、クリスマスサウルスのように消えたわけじゃない。正反対だ。

一瞬《いっしゅん》にして、すべてが、パッとあらわれた！

気がつくと、木製《もくせい》の巨大《きょだい》な建物の入り口にいた。そう、氷雪邸《ひょうせってい》だ。あまりに壮大《そうだい》なスケールに、ウィリアムは思わず目をうたがった。壮麗《そうれい》なたたずまいは、博物館そっくりだ。ねじれた塔《とう》、もうもうと煙《けむり》を吐《は》きだす煙突《えんとつ》、リュージュコース、雪の結晶《けっしょう》の形をしたドアノッカー――。ひとつひとつ、目を丸くしてながめるうち、ウィリアムは驚《おどろ》きのあまり口をあけていた。父さんの話に出てくる光景そのものじゃないか！

動物が見えた。いや、動物じゃない。むしろ生き物に近い。魔法《まほう》の生き物だ。上空では翼《つばさ》の生えた小さな生き物たちが銀色の粉をたなびかせ、風を切って飛んでいた。遠くでは雪だるまたちが、氷の張《は》った大きなプールで華麗《かれい》なフィギュアスケートに興《きょう》じ、ジャンプやスピンの合間に顔から落ちたニンジンや炭をひろっている。なかでも目についたのは、ウィリアムの車いすを緊張《きんちょう》してとりかこむ、背《せ》の低い生き物たちだった。その者たちを、クリスマスサウルスがうれしそうにしっぽをふりながら、よだれたっぷりの舌《した》でなめまわしている。実際《じっさい》に見るのは初めてだったが、正体はすぐにわかった。

「こんにちは、エルフのみなさん」

エルフたちはウィリアムに少しおびえていたので、いっせいに下がって、物陰《ものかげ》にかくれた。だがひとりずつ、むっとした顔でおそるおそるもどってくると、とつぜん声をそろえて歌いだした。

子どもが来たよ。子どもだよ
おれたちャエルフは、どうするよ?
放っておいたら凍《こご》えるし
こっちの声も聞いてるし
だからいちおうさそってみた
棒《ぼう》に名前もつけといた
ペロッと味見したとたん
消えちまったよ、パッ、ドロン
時間も空間も飛んでいく
魔法《まほう》の場所へ、はい到着《とうちゃく》
こっちだって初めてなんだよ
この子、ほんとにどうするよ?
秘密《ひみつ》の場所を見られちまった
秘密《ひみつ》が秘密《ひみつ》でなくなった
サンタはなんていうだろう?

もうすぐ帰ってくるだろう
真っ赤なそりで着地して
〝出ていけ〟なんていったりして！
太っちょおじさんサンタもさ
不機嫌《ふきげん》なのかもしれないさ
きみにはいちおういっとくね
そんなのうそだと思うよね
ならば下がって、後ろを見なよ
ほらほら、サンタのお帰りだよ

第26章　サンタのお帰り

エルフたちが歌をやめ、下がって場所をあける。

ウィリアムがふりかえると、上空にとつぜん巨大《きょだい》な赤いそりが登場した。ウィリアムとクリスマスサウルスのほうへ、旋回《せんかい》しながら急降下《きゅうこうか》してくる。

そりは、ウィリアムのあらゆる想像《そうぞう》を超《こ》えていた。まばゆいほどに照りかがやき、びっくりするほど真《ま》っ赤《か》で、**腰《こし》をぬかすくらい大きい！**

けれど、一番の目玉はほかにあった。ウィリアムにとって目玉は、そりを引く生き物――二列にならんで大空を駆《か》ける、八頭の空飛ぶトナカイたちだ。もしこの数時間、空飛ぶ恐竜《きょうりゅう》とすごしていなかったら、世界で一番すばらしい生き物だと思っただろう。ほんのわずかな差でクリスマスサウルスには負けるが、空飛ぶトナカイは、世界で二番目にすばらしい生き物だ。

そりはウィリアムたちをとりかこむように旋回《せんかい》し、シュッと着地して、雪の上をすべりだした。と同時に、頭上から、よく通る太い声が降《ふ》ってきた。

「どうどう、止まれ！」

その瞬間《しゅんかん》、ウィリアムは見た。

信じられない。けれど、本物だ。正真正銘《しょうめい》、うそいつわりなく、百パーセントの本物が、目の前に——。

「サンタだ！」ウィリアムは、思わずさけんでいた。

サンタが手綱《たづな》を強く引き、ウィリアムと、クリスマスサウルスと、サンタを出迎《でむか》えに来たエルフたちの真正面でそりを止めた。エルフたちが、熱狂《ねっきょう》的なロックファンのように、黄色い声やかんだかい声をあげて、いっせいにかけよっていく。それでもエルフは車いすにすわったウィリアムの半分の背丈《せたけ》しかないので、サンタの姿《すがた》はよく見えた。

赤い服に身を包んだ、圧倒《あっとう》されるほど大きい男が、そりからおりてきた。ぱっと見は、いかにもサンタらしい、陽気で明るい太っちょおじさんだ。でも、ウィリアムは不安だった。エルフの歌のあとでは、入ってはならない場所に入りこんだ気がして、後ろめたかったのだ。サンタは、ぼくをどうするだろう？　なんていう？

いよいよ、サンタとのご対面だ。

「やあやあ、ただいま、エルフたちよ。ただいま、メリークリスマス。今年《ことし》も無事に終わったわい」

そのとき、サンタはいつもとちがうものに気づいた。そう、ウィリアムだ。

「おやおや？　いったい、どなたさん？」

サンタはすっかりとまどって、まっすぐウィリアムへと近づいた。ウィリアムはエルフたちにかこまれて、おしつぶされそうになっている。巨体《きょたい》のサンタは立ちどまり、はるか上からウィリアムを見おろした。

「エルフにしては、ちと背《せ》が高い。うむうむ、ぜんぜんエルフじゃない。雪だるまでも、森の妖精《ようせい》でも、トナカイでもない。さてはて、きみは山のトロールかね？　山をさまようトロールの話は聞いておるが、こうして見るのは初めてだ。おお、おお、なんと興味深《きょうみぶか》い」サンタは、興奮《こうふん》して両手をこすりあわせた。「トロールくんよ、メリークリスマス。さあ、いっしょに、クリスマスを祝おうじゃないか。ホーホーホー！」

「で、でも……サンタさん、あの……」ウィリアムは、緊張《きんちょう》のあまり、しどろもどろになっていた。「ぼ、ぼくは……トロールじゃありません」

サンタは動きをとめ、あごひげを引っぱりながら考えこんだ。

「なに、ちがう？　たしかにちがうな。では……待て、いうな、わしが当てる……きみは……わかった！　毛のないイエティだ。なるほど！　なんとめずらしい」

「ちがいます。イエティでもないです」

「うーむ、トロールでも、毛のないイエティでもない？　だとすると……いや、いうな、わしが当てる。きみは、そうだな、たぶん……。当てっこごっこは、楽しいぞ。じつに愉快《ゆかい》だ、ホーホーホー！」

サンタはウィリアムをしげしげとながめ、そのまわりを軽く飛びはね、スキップして歩いた。ウィリアムをとりかこんでいたエルフたちが下がったため、ウィリアムの車いすがあらわになった。

「おや？　ひとり乗りのそりか。こいつは、おもしろい。ところで、トナカイはおらんようだが、きみのそりはなにが引くのかね？」

「空飛ぶ恐竜《きょうりゅう》です」と、ウィリアム。

その瞬間《しゅんかん》、すべての音がやみ、すべての動きがとまった。

「すまんが、もう一回、いってくれんか？　今夜は目が回るようないそがしさで、耳がつまってしまったようだ。空飛ぶ恐竜《きょうりゅう》などと聞こえるとは……」

「はい、サンタ、そうなんです。それに、ぼくはトロールでもイエティでもありません。ただの子どもです」

そのとたん、周囲のエルフたちがひそひそしゃべったり、クスクス笑ったりして、ざわめいた。

「なに、ただの子どもだと？」サンタがやけに明るく大声でいう。

やけに明るいのは、うれしいから？　それとも、怒《おこ》っているから？　ウィリアムには、よくわからなかった。

「ただの子どもだと？」サンタがくりかえし、エルフたちを見まわすと、とつぜん、ひどくこっけいなものでも見つけたように、「ワッハッハッ！　ホーホーホー！」と、腹《はら》をブルブル波打たせながら、大笑いしはじめた。

つづいてエルフたちも、いっせいに声をあげて笑いだした。エルフの笑い声は、かなり独特《どくとく》だった。何週間も前から入念にリハーサルしてきたみたいに、複雑《ふくざつ》なリズムのハーモニーを奏《かな》でながら笑っている。

ウィリアムは、わくわくしてきた。たまらなくおかしくなってきて、笑いがこみあげ、クスクスし、いつのまにか大笑いしていた。

ウィリアムが大笑いするのを見て、クリスマスサウルスも笑わなくちゃと思って笑った。

こうしてサンタとエルフ、ウィリアムとクリスマスサウルスは、ヒステリックに笑いころげた。えんえんと噴《ふ》きだし、爆笑《ばくしょう》し、ずっと笑って吠《ほ》えたせいで、一段落《いちだんらく》するころには、なにがそんなにおかしかったのか、ウィリアムは思いだせなくなっていた。

「ふう、サンタ……いったい、なにが……そんなに……おかしかったんでしたっけ？　わすれちゃいました」笑いすぎて、こぼれた涙《なみだ》をぬぐいつつ、ウィリアムはたずねた。

「きみが、ただの子どもなどというからだよ」サンタは、まだ笑いがとまらないらしい。

「でも、そうなんです。本当に、ただの子どもなんです」

「おやおや、わけのわからんことを。そんなもの、いるわけがなかろうに」

ウィリアムのほうこそ、わけがわからない。

「では、説明するとしよう」と、サンタ。「ここには、ありとあらゆる魔法《まほう》の生き物がそろっておる。空飛ぶトナカイ。スケートする雪だるま。森の妖精《ようせい》。ほかにも、おおぜいそろっておるぞ。しかし、ここにはいない生き物もいる。ある魔法《まほう》の生き物だけは、魔法《まほう》の世界のここにはいない。それは……」

ウィリアムには、答えがまったく想像《そうぞう》できなかった。

「子どもだ」サンタは、にっこりとほほえんだ。

「えっ、子ども?　子どもは魔法《まほう》の生き物なんかじゃありません。ぼくも子どもだけど、魔法《まほう》なんて使えません」

エルフがいっせいにクスクス笑いだす。サンタは、すべてお見通しだといわんばかりに、ほほえんでいる。

「いやいや、ぜったい、使えるとも。ただ、知らないだけのこと。きみたち子どもは想像力《そうぞうりょく》で、存在《そんざい》しない世界を作りだせるだろう?　それが魔法《まほう》だ。きみたち子どもは、人間や世界や人生の一番良い面だけを見ていられる。それも魔法《まほう》だぞ。たわいないことの大切さも、きみたち子どもはわかっておる。大人がわすれてしまった、楽しんだり、遊んで笑ったりする大切さを、ちゃんとわかっておるだろう?　それも魔法《まほう》だ。さらにきみたち子どもは、なんの疑《うたが》いもなく、ありえないことを信じられる。証拠《しょうこ》がなくても、ためらうことなく信じられる。それこそが、最大の魔法《まほう》なのだよ」

ウィリアムは耳をうたがった。サンタのいったことは子どもにできることばかりだけれど、まさかそれが魔法《まほう》だなんて——。

サンタはうなずいて、つづけた。

「だからこそ、わしはこうして、ここにいられるのだよ……ウィリアム・トランドルよ」

サンタがフルネームを口にしたとたん、エルフたちがさかんにひそひそしゃべり始めたことに、ウィリアムはいやでも気がついた。けれどサンタが陽気な笑みを浮《う》かべ、なんでもお見通しという目で見ると、エルフたちは口をつぐんだ。

「あの……なぜ、ぼくの名前を知ってるんですか？」

「うむ、すぐにはわからなかったが、ピンときたのだよ。まさか北極で人間の男の子を見ることになるとは、思わなかったものでな。なにせ、ここに男の子が来るのは、じつにひさしぶりで……」サンタは、考えこみながらいった。「しかし、きみが本当に人間の男の子だとわかってからは、すぐにピンときた。きみしか、ありえんとな」

サンタはそういうと、ポケットから一枚《まい》の紙をとりだし、ウィリアムにさしだした。

「あっ、ぼくの手紙だ」ウィリアムは、すぐにわかった。

「そうだとも。いやはや、これには参ったわい」サンタはウィリアムに手紙をわたすと、記憶《きおく》をたよりに手紙をなぞった。ウィリアムは手紙を目で追った。

「サンタさんへ。今年《ことし》のクリスマスのお願いは、無理なものばかりだと思います。でも、もし恐竜《きょうりゅう》を一頭もらえたら、とってもうれしいです！　メリークリスマス。ウィリアム・トランドルより」

サンタは、心を読むかのように、ウィリアムを見つめた。

「ウィリアムよ、無理なものばかりというが、それはなにかね？　ここは北極だ。夢《ゆめ》がかなう北極だぞ。もっというと、子どもの夢《ゆめ》がかなう場所だ」

ウィリアムの心臓《しんぞう》がズキンとはねた。

「ここならば、ぼくの夢《ゆめ》が……かなうんですか？」

「もちろんだとも。夢《ゆめ》でも、望みでも、希望でも、なんでも」サンタは、自信たっぷりにいいきった。「ここは、子どもの夢《ゆめ》が作った世界。本当の願いが目の前でかなう、ひとつきりの場所なのだよ」

「でも……そんなはずないです」と、ウィリアム。

エルフたちがぎょっとして、いっせいに息をのんだ。

「ウィリアムよ、なぜそう思うのかね？」サンタが、少しとまどったようすでたずねる。

「だって、もしぼくの夢《ゆめ》が……望みが……本当の願いがかなうのなら、ぼくは……」

車いすをながめて、考えた。本気で願えば、ひょっとして、本当にかなう？　ウィリアムは深呼吸《しんこきゅう》し、ありえないことに挑戦《ちょうせん》した。

立ちあがろうとしたのだ。

第27章　本当の願い

エルフたちは、息をのんで見まもった。背《せ》の低いエルフは、もっとよく見ようと、背《せ》の高いエルフの肩《かた》の上によじのぼった。背《せ》の高いエルフたちは、すでにのっぽのエルフの肩《かた》に乗っている。

ウィリアムは車いすの手すりをつかみ、少しふらついた。緊張《きんちょう》して眉間《みけん》にしわを寄《よ》せ、息をとめる。そして、渾身《こんしん》の力をふりしぼって、立ちあがろうとした。が、力つきて、車いすにぐったりとすわった。

やはり、願いはかなわなかった。

「ほら、やっぱり」ウィリアムはサンタを見あげた。「もし本当に夢《ゆめ》がかなうなら、なぜぼくは歩けないんです？」

北極は、これまでになく、静まりかえった。北極で夢《ゆめ》がかなわなかったことなど、一度もなかったのだ。

サンタはウィリアムの目をのぞきこんだ。サンタのやさしそうな顔には、すべての答えを知っているかのような、賢《かしこ》そうな笑みが浮《う》かんでいた。

「ウィリアムよ。ひょっとして、きみの本当の願いは、別のものではないのかな?」サンタの低くて太い声には、底なしのやさしさと、奥深《おくぶか》い知恵《ちえ》の響《ひび》きがあった。

ウィリアムは自分の足をながめ、車いすへと視線《しせん》をうつした。物心ついたころからすわっていて、それ以外の生活は知らない。ブレンダがあらわれ、自尊心《じそんしん》を粉々に打ちくだかれるまでは、車いす以外の生活など望んだこともなかったことに、ウィリアムは気がついた。

もしかしたら、サンタのいうとおりかも。ぼくの本当の願いは、別のものなのかも——。

「ウィリアムよ、目をとじてごらん。ためしてみたいことがある。きみの謎《なぞ》を、いっしょに解《と》いてみようではないか」

サンタはウィリアムの横にひざまずき、大きくてあたたかい手をウィリアムの肩《かた》にのせて、ささやいた。

「深呼吸《しんこきゅう》してごらん。北極の空気を心の中にとりこむのだ。そうすれば、きみの心の本当の願いを、つきとめられるかもしれん」

ウィリアムは冷気を吸《す》いこんだ。北極の新鮮《しんせん》な空気は、なじみのある甘《あま》い香《かお》りがした。この香《かお》りは、そう、熱々のパンケーキのにおい——。ウィリアムは、父親のボブを思いだした。

「では、ウィリアム、願いをさがすのではなく、すでにかなったと想像《そうぞう》してごらん。想像《そうぞう》するだけでなく、願いを見て、聞いて、感じて……信じてごらん」

とつぜん、華麗《かれい》なメロディーが大音量で流れだした。サンタの蓄音機《ちくおんき》がひとりでに、だれも聞いたことのない、心地よいメロディーを流しはじめたのだ。

ウィリアムは目をあけ、驚《おどろ》いた。エルフもサンタもクリスマスサウルスも、空を見あげている。ウィリアムの頭の上をながめていたのだ。

ウィリアムも車いすごと回転し、空を見あげて、息をのんだ。

そこには、ボブの姿《すがた》が浮《う》かんでいた。

満点の星空で、緑と青、紫《むらさき》と黄色のオーロラが変化して、ボブの姿《すがた》を映《うつ》していた。ウィリアムは、その姿《すがた》を目に焼きつけようとした。こんなに幸せそうな顔をした父さんは、見たことがない——。

とつぜん、オーロラが蓄音機《ちくおんき》の音楽にあわせてゆれはじめ、渦《うずま》を巻いた。

ウィリアムは、ボブがひとりきりでないことに気づいた。ひとりの女性《じょせい》とダンスしている。その女性《じょせい》をやさしくクルッと回転させ、満天の星空を舞台《ぶたい》に、ワルツを踊《おど》っている。

オーロラがだんだん消えていき、音楽が小さく、テンポがおそくなっていく——。

ウィリアムの目に、涙《なみだ》があふれてきた。

「家族……」ボブの姿《すがた》が消えた瞬間《しゅんかん》、サンタがそっといった。「きみのお父さんの幸せ。それが、きみの本当の願いだね」

あたりは物音ひとつしない。

ウィリアムは、物思いにふけっていた。この北極で、ぼくの本当の願いがわかった。自分の足で歩きたいというのは、本当の願いじゃない——。

車いすを見つめるその目に、悲しみはなかった。ウィリアムは幸せだった。いまのままで幸せだと、あらためて思った。

「ありがとう、サンタ」ウィリアムは笑顔《えがお》でいった。「じゃあ……父さんにガールフレンドをください」

「ううむ、ウィリアム、もうしわけないんだが、それはできん」

「えっ、でも、考えてもらえませんか。父さんにガールフレンドができれば、ぼくにも新しい母さんができるんです。ひとつのプレゼントを、父さんとわかちあうことになるんですよ。一挙両得です！」ウィリアムはあきらめきれず、ませた口をきいて、ほほえんだ。

サンタは考え深げにあごひげをなでて、クスクスと笑った。

「そういわれも、無理なものは無理なのだ。この仕事にはルールがあるのだよ」

サンタがルールを説明し、ウィリアムは真剣《しんけん》に聞いた。

「まず、第一のルールは、命をうばってはならんということだ。毎年、先生をこの世から消してくださいなどと、けしからんことをいう子が、けっこうおるのだよ。第二のルールは、失われた命を元にもどしてはならんということだ。第三のルールは、チーズケーキを作ってはならんという、つまらん決まりだな。そして、きみに一番関係のある最後のルールは、他人の恋愛《れんあい》をあやつってはならんということだ」

ウィリアムは、さっきまで本当の願いが映《うつ》しだされた空を見あげて、ため息をついた。

がっかりしたウィリアムを見て、サンタはつけくわえた。

「しかしだな、一年のうちクリスマスは、まちがいなく、恋《こい》に落ちるチャンスが劇的《げきてき》に増《ふ》えるぞ。恋愛《れんあい》にはもってこいの季節だ」

第28章　お別れ

「さて、そろそろきみを、お父さんの元に返さんとな」と、サンタはいった。「せっかくのクリスマスなのに、かわいい息子《むすこ》が夜の間にいなくなったら、楽しむどころじゃあるまいよ」

そのとき、世界が消滅《しょうめつ》するかのように、周囲が色あせ、ぼやけだした。

気絶《きぜつ》するのって、こんな感じかも――。気絶《きぜつ》などしたことがないが、ウィリアムはそう思った。

その間にも魔法《まほう》の世界はうすくなっていき、壮麗《そうれい》な建物があった場所が、あっという間に、雪原と山々へと変わっていく。

「ウィリアム、早く」かすんだ周囲のどこかから、サンタの声が聞こえてきた。「キャンディー棒《ぼう》をかじれ！」

ウィリアムは、持っていることすらわすれていた、自分の名前つきのキャンディー棒《ぼう》を見た。これだけは、消えないらしい。

顔を上げると、すべてが消えていた。そりも、トナカイも、エルフも、みごとに消えている。

「おーい」なにもない雪原に呼《よ》びかけて、あわててキャンディー棒《ぼう》をくわえた。

甘《あま》さを舌《した》に感じた瞬間《しゅんかん》、魔《ま》法《ほう》の世界がパッともどってきた。サンタもエルフたちも、さっきと同じ場所にいる。

「えっ、なに？　いまのは、なに？」

「じつはだな、北極に来たがる者はおおぜいいるが、善人《ぜんにん》ばかりとはかぎらんのだよ。性根《しょうね》が腐《くさ》った者は、わが北極に入れたくない。ああもう、ぜったい、お断《ことわ》りだ！　そこで、魔《ま》法《ほう》で北極を守っておるのだよ」と、サンタは説明した。「ここは異《い》次《じ》元《げん》の世界でな。想像《そうぞう》と架空《かくう》の間に位置しておる。不《ふ》可《か》解《かい》の領域《りょういき》ほど遠くはなく、実現《じつげん》不《ふ》能《のう》の領域《りょういき》には達しておらんが……とにかく、ここには招待《しょうたい》された者しか来られん。そして、骨《ほね》の髄《ずい》まで善人《ぜんにん》でなければ、招待《しょうたい》はせん。で、招待《しょうたい》すると決めた者には、甘《あま》い魔《ま》法《ほう》の次元転換《てんかん》キャンディー棒《ぼう》を贈《おく》るのだよ」サンタは、ウィリアムの持っている食べかけのキャンディー棒《ぼう》を指さした。「ペロリとなめるだけで、とびきりすてきな甘《あま》い魔《ま》法《ほう》に包まれて、われらの世界を見られるわけだ」

「じゃあ、キャンディーを全部食べちゃったら、どうなるんですか？」ウィリアムは、好奇心《こうきしん》からたずねてみた。

「そのときは、ここでの時間も終わりとなる。時間切れだよ。いざ、さらば！」サンタは明るくいった。「わが北極に出入りするには、これしかない。天才的なアイデアだとは思わんか。じつは、わしのアイデアでな」

ウィリアムはキャンディー棒《ぼう》を見て、急にもったいなくなってきた。もっと長ければ、長くここにいられるのに――。そのときパッとひらめいて、キャンディー棒《ぼう》を両手でかくした。こっそり少し折って、パジャマのそでの中にかくし、そしらぬ顔で残りのキャンディー棒《ぼう》をなめる。これで、ここにもどってこられるぞ！

「この方法ならば、性根《しょうね》が腐《くさ》った悪人どもを遠ざけておけるわい」サンタは、声をあげて笑った。「といっても、昔からそうしていたわけではない。昔は、厄介者《やっかいもの》が侵入《しんにゅう》してきたこともあってな」

「あっ、それで思いだした！　お伝えしておくことがあります」ハンターのことを、すっかりわすれてた！

ウィリアムは、クリスマスサウルスとの一夜の大冒険《だいぼうけん》について、すべて説明した。邪悪《じゃあく》なハンターにあやうく撃《う》たれ、頭を壁《かべ》に飾《かざ》られそうになったこと。クリスマスサウルスが空を飛べると信じたこと。クリスマスサウルスが本当に宙《ちゅう》に飛びあがり、夜空を飛んで、はるばる北極までやってきたことを語った。

「おお、なんとなんと！　まさしく大冒険《だいぼうけん》だ。そのハンターとやらは、わしのよく知っている人物のようだな。指が骨《ほね》ばっておるか？」

「はい」

「顔に、ごつごつした白い傷跡《きずあと》があるか？」

「はい」

「ものすごくくさい煙《けむり》のパイプを吸《す》っておるか？」

「はい、まちがいないです。なぜ、知ってるんですか？」

「その昔、ハンターがハクスリーという名の幼《おさな》い子どもだったころのことだが、ハクスリーはまったくもって手に負えん、しょうもない坊主《ぼうず》だった。悪さばかりした日のことを想像《そうぞう》してごらん。それでも、あのハクスリーの悪さにくらべれば、かわいいものよ。とにかく、あまりに質《たち》が悪いので、わしとしても〈悪い子リスト〉に入れざるをえなかった。できることなら、子どもはだれひとり、〈悪い子リスト〉には入れたくないのだよ。

ハクスリーは成長するにつれて、悪さもパワーアップした。それどころか、年月を重ねるにつれて、ますます性根《しょうね》が腐《くさ》っていき、堕落《だらく》して凶悪《きょうあく》になったあげく、おぞましい趣味《しゅみ》まで見つけおった。動物を狩《か》るという趣味《しゅみ》だ。ハクスリーがそばにいるときは、家のペットさえ狙《ねら》われた……」

サンタは話をつづけるために、雪にどっかりと腰《こし》をおろし、楽な姿勢《しせい》をとった。ウィリアムたちはサンタをとりかこみ、一言も聞きもらすまいと聞きいった。そのくらい、サンタは話が上手だった。

「ある年のクリスマスイブ、ハクスリーの弟は寝《ね》る時間をとっくにすぎても、まだ起きていた。わしを一目見たくて、寝室《しんしつ》の窓《まど》から外をのぞいておったのだ。そして、空飛ぶわしのそりを見て、兄のハクスリーを呼《よ》んだ。ハクスリーは驚《おどろ》きの声をあげて、窓辺《まどべ》にかけよった。まさにあの晩《ばん》、あやつはわしのトナカイたちを初めて見た。そうとわかっておれば、見つからぬよう、うまく遠回りをしたものを……。

わしがほかの子の家へプレゼントを配る間に、ハクスリーは悪知恵《わるぢえ》を働かせ、とんでもない悪さをした。しかも、いやがる弟を説きふせて、計画に引きいれおった。ハクスリー兄弟は、雨どいをつたって屋根にあがり、物陰《ものかげ》にかくれてわしを待ちぶせした。そして、わしがハクスリー宅《たく》の屋根に着地すると、足音を完ぺきに消し、そりの後ろにこっそりとかくれたのだ。わしもクリスマスですっかり浮《う》かれて、まったく気づかなかった……」

サンタは、やれやれと首をふってつづけた。

「とことん強欲《ごうよく》なハクスリーは、魔法《まほう》の北極にたどりつくと、あちこち見てまわった。隅《すみ》から隅《すみ》まですべて見ないと、気がすまなかったのだ。で、感受性《かんじゅせい》の強い弟をひきつれて、あらゆる魔法《まほう》の生き物を目にし、あらゆる魔法《まほう》のにおいをかぎ、氷雪邸《ひょうせってい》をのぞきまわった。ハクスリーの頭には、ひとつのものしかなかった。これしかない、ぜったいこれだと、すでに狙《ねら》いをさだめておった」

「それは、なに？　なにを狙《ねら》ってたんですか？」ウィリアムは、たまらず声をあげた。

「わが華麗《かれい》なる魔法《まほう》の空飛ぶトナカイだよ」サンタは悲しそうにいい、そりにつながれたトナカイたちを指さした。「ハクスリーはトナカイの小屋に忍《しの》びより、弟を肩《かた》に乗せて、窓《まど》を割《わ》らせた。小がらな弟は割《わ》った窓《まど》から中に入り、ハクスリーのために扉《とびら》をあけた。あやつは即座《そくざ》に行動した。欲望《よくぼう》と狩《か》りの本能《ほんのう》が命じるまま、一頭のトナカイの背中《せなか》に飛びのったのだ」

エルフたちが、いっせいに息をのんだ。悲鳴をあげたエルフもいる。

「トナカイを一頭、盗《ぬす》んだんですか？」ウィリアムは、またしても声をあげた。

「いや、もっと悪い。おびえるトナカイの背中《せなか》にまたがり、富豪《ふごう》の父親から盗《ぬす》んだ金のナイフをとりだして、枝角《えだづの》に切りつけおった。しかしトナカイも、おとなしくはしておらん。なんと、宙《ちゅう》高くにジャンプして、一気に天井《てんじょう》をつきやぶった！」

臨場感《りんじょうかん》あふれるサンタの話に、ウィリアムも思わずジャンプした。

「弟はハクスリーが死んでしまうと心配し、とっさに手綱《たづな》をつかんで引っぱった。しかしトナカイに勝てるはずはなく、ハクスリーともども、天井《てんじょう》から空へと連れていかれた……」

サンタはいったん言葉を切って、大きく息を吸《す》った。ウィリアムは、サンタの顔から、さっきまでの陽気さが消えていることに気がついた。まるで、つづきを話すのがつらくてたまらないかのようだ。

「ここから事態《じたい》は、おそろしい展開《てんかい》をたどる。空高くへ連れていかれた弟はすっかりおびえ、トナカイが空を飛ばないように願った……」

ウィリアムは心が沈《しず》んだ。先の展開《てんかい》は、すでに読めていた。

「その願いが、かなったんですよね？」

サンタがうなずく。

「トナカイは墜落《ついらく》した。ハクスリーと弟もだ。それきり、そのトナカイは空を飛べなくなった……。弟が顔にかぶった雪をぬぐうと、そこには枝角《えだづの》を一本にぎりしめ、たおれたトナカイを邪悪《じゃあく》な顔で見下ろすハクスリーがいた。わしがふたりを見つけたのは、ちょうどそのときだった」

「ふたりをどうしたんですか？」

「ウィリアムよ、わしとしては、あの兄弟を、北極から追放せざるをえなかった……永久《えいきゅう》にな」

エルフたちが、いっせいにしくしくと泣きだした。

「性根《しょうね》の腐《くさ》ったハクスリーは当然のごとく、枝角《えだづの》を弟の震《ふる》える手におしつけて、罪《つみ》をなすりつけようとした。追放すると決めたのは、そのときだ。もう、がまんならなかったのだ。わしの目に涙《なみだ》があふれ、大きな涙《なみだ》が一粒《つぶ》、こぼれおちた。それが凍《こお》って、雪の結晶《けっしょう》となり、ふわふわと宙《ちゅう》をただよった……」

エルフたちはいったん泣きやみ、息つぎして、またメロディーを奏《かな》でるようにすすり泣いた。

「その結晶《けっしょう》には、わしの悲しみがつまっておってな。結晶《けっしょう》がハクスリーの肩《かた》に落ちた瞬間《しゅんかん》、ハクスリーは北極から消えうせた」

「追いはらったってこと？」と、ウィリアム。

「そう、追放だ。このように強大な力を持っておるのは、わしの涙《なみだ》だけなのだよ。そのあとわしは、枝角《えだづの》をさしだした弟の目をのぞきこんで、いった。『それは、持っておきなさい。今夜、ここでなにがあったか、思いだすために』。わしの目から新たに一粒《つぶ》、こぼれおちた涙《なみだ》が宙《ちゅう》で凍《こお》り……弟も、枝角《えだづの》を胸《むね》に抱《だ》きしめたまま、追放となった」

サンタがあまりにも悲しそうなので、いまにも涙《なみだ》をぽろっとこぼし、自分もクリスマスサウルスもエルフたちも、そろって追放されやしないかと、ウィリアムは思った。

「追放されたあと、その子たちはどうなったんですか？」ウィリアムは気になって質問《しつもん》した。

サンタが、またウィリアムの目を見つめる――。言葉を選ぶような気配を感じて、ウィリアムは胸《むね》がざわついた。

「ハクスリーは、今夜きみも見たように、性根《しょうね》が腐《くさ》りきった、不快《ふかい》で邪悪《じゃあく》な男になった。あやつは、わが魔法《まほう》のトナカイを間近で見たことで、欲望《よくぼう》に火がついたらしい。あれ以来、毎年、空飛ぶトナカイをつかまえようとしておるのだ。まだ、一度として、近づくこともかなわんようだが」

「でも今夜は、空飛ぶ恐竜《きょうりゅう》をつかまえる寸前《すんぜん》までいったんです！」

「うむ、それで思いだした……」サンタはそういって、クリスマスサウルスのほうを向いた。

「クリスマスサウルスよ、この坊《ぼう》やの家で、おまえはなにをしておったのだ？」

クリスマスサウルスはきまり悪そうな顔をして、ウィリアムの車いすの後ろにまわり、座席《ざせき》の下のかごから大きな物を引っぱりだした。クリスマスサウルスがくわえた包みからは、モコが顔をのぞかせていた。

「おお、なんと。このぬいぐるみを一目見たさに、あんな遠くまで？　まったく、なんという、大バカものめ！　永遠《えいえん》に迷子《まいご》になりかねんぞ。この坊《ぼう》やの世界に、おまえには安住できんだろうが。ここにいなければならんのに。おまえの故郷《ふるさと》はここなのだ」

クリスマスサウルスは、そそくさとウィリアムにすりよった。サンタへの期待をこめてしっぽをふり、車いすのとなりに尻《しり》をつける。

「あのう、サンタ、クリスマスサウルスといっしょにいちゃだめですか？　ぼく、ぜったい、面倒《めんどう》を見ます」ウィリアムは懸命《けんめい》にうったえた。「ぼくは、ハンターみたいに邪悪《じゃあく》じゃないし、意地汚《いじきたな》くもないです」

「それはわかっておるぞ、ウィリアム。きみは心のやさしい、親切な良い子だ。しかし、世の中には危険《きけん》な人物もおる。クリスマスサウルスをつけ狙《ねら》うハンターのような者がおるのだ。クリスマスサウルスが安住できるのは、われらのいるこの北極のみ。邪悪《じゃあく》な者の手がおよばぬ、この故郷《ふるさと》だけなのだ」

「でも、ぼく、恐竜《きょうりゅう》のことはなんでも知ってます。恐竜《きょうりゅう》の故郷《ふるさと》は北極じゃありません」クリスマスサウルスを連れてかえりたくて、ウィリアムは必死だった。

「まあ、故郷《ふるさと》とはいえないかもしれんが、クリスマスサウルスはこの世界の一員なのだよ」サンタは、分別をわきまえた顔でそっとほほえんでいる。

サンタのいうとおりだった。エルフ、妖精《ようせい》、雪だるま、イッカク、北極グマ――。まわりじゅうの魔法《まほう》の生き物を見て、ウィリアムは納得《なっとく》した。山々までも生き物のように見える北極以外に、空飛ぶ恐竜《きょうりゅう》が溶《と》けこめる世界など、あるわけがない。クリスマスサウルスにとって、北極は理想郷《りそうきょう》だ。

クリスマスサウルスも、それはわかっていた。できればウィリアムと毎日会いたいが、心の底から愛する北極を捨《す》てることはできない。

ウィリアムとクリスマスサウルスは、見つめあった。クリスマスサウルスが悲しげに長いため息をつき、うなだれて雪に顔をうずめる。ウィリアムも、さようならとはいいたくない。

クリスマスサウルスの頭とウィリアムの肩《かた》に手を置いて、サンタがそっといった。「クリスマスの友は、一生の友だ」

ふいにウィリアムは、大地がゆれている気がした。見れば、八人のエルフが車いすを持ちあげて、そりへと運んでいる。エルフたちは、またしても歌を歌っていた。

坊《ぼう》やをおうちに送りかえすぞ
クリスマスの日に送りかえすぞ
今夜はほんとにいろいろあった
空飛ぶ恐竜《きょうりゅう》と出くわした
ハンターと犬にも出会ったぞ
そしてとうとう来たんだぞ
魔法《まほう》に満ちたこの場所に
坊《ぼう》やの顔から想像《そうぞう》するに
気に入ったようだ、そりゃそうだ
子どもにとっては夢《ゆめ》の世界だ
もっといろいろ見せたいさ
けれど今夜はここまでさ
さあさ、おうちに帰るとしよう

さあさ、そりに乗せてあげよう

エルフたちは歌いおわると、せーの！　と号令をかけて、ウィリアムと車いすをそりに乗せた。サンタはひょいと立ちあがり、クルクルッと側転し、巨大《きょだい》な尻《しり》をウィリアムのとなりにドスンとおろした。まさに、陽気な太っちょおじさんだ。

見送るエルフたちの間に、クリスマスサウルスの青くきらめく頭が見える。

クリスマスサウルスは一歩前に出て、ウィリアムが泣いているのに気づいた。その涙《なみだ》は即座《そくざ》に凍《こお》り、小さな雪の結晶《けっしょう》となって飛んでいく。

「さようなら……クリスマスサウルス」ウィリアムは、急にしゃべるのがつらくなってきた。

「会えて、本当に……うれしかったよ」

クリスマスサウルスがさよならのハグをするように、ウィリアムのほうへ頭をさげる。

ウィリアムも、さようならはいいたくなかった。さよならするのが正しいことだとわかっていても、つらくて、つらくて、たまらない。

サンタが古い蓄音機《ちくおんき》のハンドルをまわしはじめ、ウィリアムはほおの涙《なみだ》をぬぐった。エルフとクリスマスサウルスが一歩さがり、そりが楽しいメロディーに乗って浮《う》きあがる。サンタが深呼吸《しんこきゅう》して歌おうとし、ふとウィリアムを見て、にっこりと笑いかけた。

「ウィリアムよ、もし歌詞《かし》を知っておるなら、ともに歌おう」

サンタはいきなり歌いだし、トナカイたちは興奮《こうふん》しながら、オーロラに向かって全速力で駆《か》けだした。

ウィリアムは、自分の目も耳も信じられなかった。いまぼくは、サンタのそりに、サンタとならんですわって、サンタの歌を聞きながら、夜空をかけのぼっている！

身を乗りだして、最後にもう一度、クリスマスサウルスに手をふった。

キャンディー棒《ぼう》の魔法《まほう》が切れる寸前《すんぜん》、氷雪邸《ひょうせってい》の屋上に、左の枝角《えだづの》が一部欠けた一頭のトナカイが見えた。きらめく煙《けむり》が立ちのぼる、煙突《えんとつ》に向かって跳《は》ねている。

そのトナカイが、金色に輝《かがや》くひづめを、きらめく煙《けむり》の中にそっとしずめた。すると、煙《けむり》の中に金色の光が魔法《まほう》のようにひろがった。煙《けむり》の渦《うず》が色鮮《あざ》やかなオーロラとなって、空全体で踊《おど》りだす。

眼下《がんか》の夢《ゆめ》の世界が、だんだん、だんだん、うすれていく――。

あのトナカイも、ぼくと同じように、オーロラの中に本当の願いを見たのかも。そうであってくれるといいな、とウィリアムは思った。

第29章　煙《けむり》

サンタの八頭のトナカイはクリスマスサウルスよりもはるかに早くそりを引いて、あっという間にウィリアムの町の上空に着いた。

雪をかぶった家々の屋根を、朝日がオレンジ色に染《そ》めていく。ウィリアムは興奮《こうふん》してさけんだ。

「あっ、あそこ！　あの小さな家です」

サンタはトナカイたちをウィリアム宅《たく》の屋根へとあやつって、難《なん》なく着地した。

「みんな、ありがとうね！」ウィリアムは、八頭のすてきなトナカイに声をかけた。

「うむ、では、きみを家の中に連れていこう」

サンタは後方宙返《ちゅうがえ》りでそりをおりると、ウィリアムを車いすごと、片腕《かたうで》でひょいと持ちあげ

た。そのまま煙突《えんとつ》へ歩みより、穴《あな》の縁《ふち》のぞっとするほどそばに車いすを置いた。

「うわっ、せまい……。こんなところ、入れませんよ」ウィリアムは、煙突《えんとつ》の先っぽの小さな穴《あな》を見つめている。

サンタはなにもいわず、ウィリアムに向かってほほえみかけた。

とつぜん、ウィリアムは、奇怪《きかい》な感覚をおぼえた。ぼく、体がちぢんでる？　それとも、まわりがのびてる？　いずれにせよ、一瞬《いっしゅん》のうちに、煙突《えんとつ》の小さい穴《あな》が巨大《きょだい》な穴《あな》に変わっていた。

サンタがふたり、ゆうに入れるくらい大きい。

「わしが先に行くとしよう。きみの上にドスンと落ちたら、えらいことになる」サンタは高くジャンプし、後方宙返《ちゅうがえ》り二回ひねりで煙突《えんとつ》の暗闇《くらやみ》へとつっこんだ。「ついておいで！」

うわっ！　ウィリアムは穴《あな》の中の真《ま》っ暗闇《くらやみ》をのぞきこんで、おじけづいた。

そのとき、周囲の景色《けしき》がちぢみはじめた。いや、ウィリアムがのびているのか？　とにかく、煙突《えんとつ》の穴《あな》がどんどん小さくなっていく。

まよっているひまはない。チャンスはいまだけだ。

ウィリアムは目をつぶって、深呼吸《しんこきゅう》し、車いすをえいやっと前に進めた。

激《はげ》しく回転して制御不能《せいぎょふのう》におちいりながら、ロケットのように猛《もう》スピードで落ちていった。

穴《あな》がちぢまり、壁《かべ》がせまってくる。

そのとき、とても大きい真っ黒なものが猛《もう》スピードでせまってきて――**バサッ！**

ウィリアムの車いすは床《ゆか》に着地せず、太いロープの網《あみ》らしきものにからまって、暖炉《だんろ》から引きずりだされた。

「つかまえたぞ！」高笑いする声がした。不快《ふかい》きわまりない刺激臭《しげきしゅう》が鼻をつんとつく。

パイプの煙《けむり》のにおい。ハンターだ！

なんとハンターは、ウィリアムの家の中にいた。サンタとウィリアムは、ハンターのわなにまんまと引っかかったのだ。

ウィリアムは身をよじり、網《あみ》のすきまから拳《こぶし》をくりだした。が、ハンターは網《あみ》を高く持ちあげ、天井《てんじょう》のファンにひっかけて、ウィリアムと車いすをリビングの中央につるした。

「ほらみろ！　どうだ、グロウラー、やはりもどってきたぞ。我《わ》が輩《はい》はなんといった？『あの車いすの小僧《こぞう》を、北極に残すわけがない。きっと家に連れてかえる。そのときに待ちぶせだ』。で、どうだ？　いったとおりになっただろうが。ハハッ！」

ハンターは竜《りゅう》のように鼻から煙《けむり》をもうもうと吐《は》いて高笑いし、底意地の悪いきどった声で自《じ》慢《まん》した。

ウィリアムは懸命《けんめい》にもがいたが、天井《てんじょう》からつるされた網《あみ》が車いすにからまって、どうにもならない。もがくのをやめ、引っかかったはずみで動くファンに身をゆだね、リビングをすばやく見まわした。

と、衝撃《しょうげき》の光景が目に飛びこんできた。

床《ゆか》に、サンタの巨体《きょたい》が横たわっていた。両手を背後《はいご》できつくしばられて、身動きがとれない。

「あっ、サンタ！」

「だまれ、小僧《こぞう》、さもないと親父《おやじ》の命はないぞ！」

ハンターがこれみよがしにサンタの背中《せなか》を片足《かたあし》で踏《ふ》み、ライフルをかかげてなにかに狙《ねら》いをつける。

銃口《じゅうこう》の先をたどったウィリアムは、人生最悪の光景を目にした。リビングの隅《すみ》に、ロープでしばりあげられた父親のボブがいた。ひびわれた眼鏡《めがね》の奥《おく》から、おびえた目をかっと見ひらき、こっちを見ている。そのそばをハンターの忠犬《ちゅうけん》グロウラーが行ったり来たりし、ボブがしゃべろうとするたびに、歯をむきだして威嚇《いかく》する。

ウィリアムはハンターをなぐりつけたくて、網《あみ》のすきまからまた拳《こぶし》をくりだした。

「おい、聞け、バカな小僧《こぞう》め。一回しかいわないぞ。おまえのちっちゃな脳《のう》みそでもわかるように、ゆっくりしゃべってやる」ハンターがウィリアムの目をまっすぐ見つめる。

その目を見たウィリアムは、ハンターが救いがたいほど邪悪《じゃあく》なことをさとった。〈良い子リスト〉にもどることなど、ありえないレベルの邪悪《じゃあく》さだ。

「空飛ぶ恐竜《きょうりゅう》は、どこだ？」ハンターは小声でいった。

ハンターのささやきほどおそろしい声を、ウィリアムは聞いたことがなかった。

「い……いうな……ウィリアム」うつぶせで、あごひげの中に口をうずめたサンタが、必死に声をしぼりだした。

「だまれ、デブ。おまえはあとだ！」ハンターがどなり、

「サンタに手をだすな！」ウィリアムがさけぶ。

静まりかえったリビングで、ウィリアムはハンターのほうを向いた。もう、我慢《がまん》の限界《げんかい》だった。

「おまえは邪悪《じゃあく》で、不快《ふかい》で、汚《けが》らわしくて、おぞましい、ゆがみきった男だ。おまえなんか、一生、クリスマスサウルスを見つけられるはずがない……」ウィリアムの顔を涙《なみだ》がつたい、あごからしたたり落ちた。「いま、クリスマスサウルスは、世界一安全な魔法《まほう》の世界にいるんだ。おまえなんかに、見つかるもんか。おまえは、あそこにもどれないいんだ！」

「ウィリアム！　も……もう……それ以上は……いうな」

サンタがくぐもった声で必死にとめたが、ウィリアムの耳にはとどかなかった。ウィリアムは泣きながら、怒《いか》りに我《われ》をわすれてどなっていた。

「おまえなんかに……めちゃくちゃくさい、性根《しょうね》の腐《くさ》った、戦利品狙《ねら》いの殺し屋なんかに……見つかるもんか！　おまえなんか、ぜったい、ぜーったい、次元転換《てんかん》キャンディー棒《ぼう》をもらえないんだ！」

ハンターに向かって拳《こぶし》をつきだす。そのとき、キャンディー棒《ぼう》のかけらが、そでから飛びだした。魔法《まほう》の光できらめきながらハンターの目の前で回転し、チリンと繊細《せんさい》な音をたててハンターの足元に落ちる。

ハンターはパイプの煙《けむり》を部屋中にまきちらしながら、魔法《まほう》のかけらをすばやくひろい、憎々《にくにく》しげに勝ちほこって高笑いした。

「やったぞ！　これで、空飛ぶ恐竜《きょうりゅう》の頭は、手に入れたも同然だ。ああ、手に入れたぞ。我《わ》が輩《はい》のものだ！」

黄金のチケットでも手に入れたように、魔法《まほう》のキャンディーのかけらをふりまわし、リビングの天井《てんじょう》に勝利の弾丸《だんがん》を何発も撃《う》った。くるったように踊《おど》りながら、高笑いしては煙《けむり》を吐《は》き、煙《けむり》を吐《は》いては高笑いする。もう、だれにも止められない。

そのとき――。ハンターはある音を耳にして、心臓《しんぞう》がとまりそうになった。その音は、外の通りから聞こえてきた。

ガオーッ!

まぎれもない、恐竜《きょうりゅう》のさけび声だ。

クリスマスサウルスが外にいる!

第30章　竜巻《たつまき》

ハンターはもうもうとした煙《けむり》を残し、電光石火のいきおいで、リビングを飛びだした。すぐさま忠犬《ちゅうけん》グロウラーも、主《あるじ》を追って飛びだしていく。

いよいよ狩《か》り本番だ。獲物《えもの》は近い。

「グロウラー、今度こそ、しとめるぞ！」ハンターのさけび声が、玄関《げんかん》から外へと遠ざかっていく。

クリスマスサウルスが危《あぶ》ない！　網《あみ》からぬけだし、助けに行かないと――。けれどいま、ウィリアムは、がんじがらめになっていた。車いすにシートベルトで固定され、網《あみ》にからめとられ、天井《てんじょう》のファンにつりさげられている。まさに絶望的《ぜつぼうてき》だ。

ふと見れば、目の前に、あるものがぶらさがっていた。命綱《いのちづな》のように天井《てんじょう》から垂《た》れているそれは、ファンの電動コードだ。

その瞬間《しゅんかん》、ウィリアムはひらめいた。

じっくりと考えているひまはない。とにかく、クリスマスサウルスを助けに行かないと。父さんとサンタがしばられている以上、ぼくがやるしかない！

コードに手をのばし、強く引っぱった。天井《てんじょう》のファンが回転しはじめ、ブーンという音がリビングに響《ひび》いた。つりさげられたウィリアムと車いすの重みで、頭上のファンがキイキイと耳《みみ》障《ざわ》りな音を立てる。ウィリアムはさらにコードを数回引っぱり、ファンのパワーとスピードを最大にした。

「ウィリー！」ボブがさけぶ。「なにをしてる？　ファンにずたずたにされるぞ！」

「心配ぃぃぃ……しないでぇぇぇ……父さぁぁぁん！」リビングの中央で回転しながら、ウィリアムもさけびかえした。

脱出《だっしゅつ》計画は順調だ。天井《てんじょう》のファンはぐんぐん速くなり、勢《いきお》いをましていった。スピードがあがるにつれて、遠心力で顔のあちこちを圧迫《あっぱく》される。ふだんなら、いじられることのない場所ばかりだ。

「しっかり、つかまってろ！」猛《もう》スピードで回転するウィリアムを見つめることしかできず、ボブが心配して声をかける。

いまや超《ちょう》高速回転中のウィリアムは、はたから見ると、風を切って回転しつづける、ひしゃげてぼやけた影《かげ》でしかなかった。たとえていえば、竜巻《たつまき》だ。

とつぜん、音がした。なにかが裂《さ》けてやぶれる、ぞっとするような音だ。

「ウィリアム！　網《あみ》が！」やっとのことでサンタが口からひげを吐《は》きだし、絶叫《ぜっきょう》する。

網《あみ》がファンの羽根でじょじょにけずられ、回転するたびに細くなっていた。もう、もちそうにない。

「だぁぁぁい……じょょょうぶ……だよぉぉぉ！」ウィリアムは吐《は》き気《け》を必死にこらえ、目にもとまらぬ高速回転をつづけていた。「これもぉぉぉ……計画のぉぉぉ……うちぃぃぃ……なんだぁぁぁ！」

プツン！

ファンの羽根が網《あみ》の最後の一本を切断《せつだん》し、ウィリアムは宙《ちゅう》を飛んだ。宙《ちゅう》を飛ぶのは、今夜だけで三度目だ。リビングをつっきり、サンタの頭上を通過《つうか》して、窓《まど》のほうへ飛んでいく。

バーン！

窓《まど》ガラスを盛大《せいだい》につきやぶり、雪のつもった庭に着地し、重い網《あみ》の下敷《したじ》きになった。網《あみ》のすきまから、ハンターが見えた。忠犬《ちゅうけん》グロウラーとともに、恐竜《きょうりゅう》の声がしたほうへ、こっそりと近づいていく。

網《あみ》からぬけだそうともがいたが、お手上げだった。網《あみ》はもつれているだけでなく、車いすの車輪にきつくからまっている。ほぐすだけで、何時間もかかりそうだ。もがけばもがくほど、網《あみ》はからまる。

そのとき、ウィリアムは急に奇怪《きかい》な感覚をおぼえた。煙突《えんとつ》に飛びこむ直前に屋根で感じた、あの感覚だ。まわりがのびている？　いや、ぼくの体がちぢんでる？

サンタの魔法《まほう》だ！

もつれた網《あみ》が二倍にふくらみ……三倍になり……なんと十倍になった。当然、網《あみ》のすきまも大きくなった。これなら、車いすで出られる！

巨大《きょだい》で重い網《あみ》を膝《ひざ》から持ちあげ、くぐりぬけた。やった、脱出成功《だっしゅつ》！　網《あみ》の外に出たそのとき、巨大《きょだい》な割《わ》れた窓《まど》から、ミニサイズのサンタが宙《ちゅう》がえりで出てきた。サンタよりさらにミニサイズのボブも、家の巨大《きょだい》な玄関《げんかん》から走ってくる。

「ウィリー！」ミニ・ボブが、ミニ・ウィリアムに向かってさけんだ。

「父さん！」ミニ・ウィリアムもさけぶ。

その瞬間《しゅんかん》、巨大《きょだい》な世界がちぢみはじめた。いや、ウィリアムたちがのびているのか？　とにかく三秒もしないうちに、すべてが元のサイズにもどった。

ウィリアムは、ありったけの力をこめて、ボブを抱《だ》きしめた。ボブが無事でほっとした。ハンターに頭を壁《かべ》に飾《かざ》られなくて、本当に良かった。

「クリスマスサウルスを助けねば！」サンタが、せっぱつまった声でいう。

静かなクリスマスの朝、またしても**ガオーッ**と、すさまじい声がとどろいた。

地上に顔を出したばかりの太陽が、雪道を炎《ほのお》のように赤く染《そ》める。

サンタとウィリアムとボブは庭の生垣《いけがき》の裏《うら》にかくれ、顔を少しのぞかせて、ハンターを見た。

ハンターは狙撃《そげき》ライフルを両腕《りょううで》でかまえ、片目《かため》で照準器《しょうじゅんき》をのぞきながら、道の真ん中をゆっくりと進んでいた。恐竜《きょうりゅう》のにおいをかぎつけようとしていた忠犬《ちゅうけん》グロウラーが、ふいにワンと吠《ほ》えた。なにかに気づいた合図だった。ハンターも気づいている。

通りのはるか端《はし》に、まぎれもない恐竜《きょうりゅう》のシルエットが浮《う》かんでいた。

「あっ！　クリスマスサウルスだ」ウィリアムは不安をかくせなかった。「もどってきたんだ」

「そりを追ってきたにちがいない。まったく、考えなしの、ばかでまぬけな恐竜《きょうりゅう》めが！　北極に残っていろと、あれほどいったのに」と、サンタが毒づく。

クリスマスサウルスの背後《はいご》に太陽がのぼり、雪道に恐竜《きょうりゅう》の形の長い影《かげ》を落とした。**ガオーッ**と、すさまじい声が響《ひび》く。

「よし、わたしが、けりをつけてこよう」意外にもボブが立ちあがり、クリスマス柄《がら》のセーターを引っぱった。

「ええっ、父さん、なにする気？」ウィリアムは、すっかりうろたえていた。

「ここにいるんだぞ、ウィリー坊《ぼう》や」ボブはそういうと、ハンターに向かって、通りを堂々と歩きだした。

「と、父さん！　待って！　撃《う》たれちゃう！」ウィリアムがさけぶ。

「いや、あの男は撃《う》ってこない」ボブはふりかえり、ウィリアムの目を見ていった。「わたしの兄なんだ」

第31章　ゲームオーバー

ウィリアムの世界は、音を立てて回っていた。今夜はありえないことがたてつづけに起こったが、いまのボブの言葉は、世界が吹《ふ》っ飛《と》びかねないほど、完全にありえない話だった。

通りに出たボブが、ハンターのライフルとクリスマスサウルスの間に立ちはだかるのを見ながら、ウィリアムは自分の頭と心をさぐった。

純全《じゅんぜん》たる悪意の権化《ごんげ》としか思えない、卑劣《ひれつ》きわまるあの男が、ぼくのおじさんだなんて――。

「やあ、ハクスリー」物思いにふけっていたウィリアムは、ボブの声にはっとした。

「ハクスリーだと？　ハッ、ひさしぶりに聞く名前だな」ハンターはライフルをかまえたまま、ボブをあざ笑った。

「兄《にい》さん、さすがに今回は度が過《す》ぎる。いつものやり口だとしても、やりすぎだ」

「ボブよ、おまえがいなければ、できなかったぞ」ハンターは、いやらしくにやりとした。「そりに乗ったおデブのサンタをどう見つけるか、思いつきもしなかっただろうよ……このクリスマスカードがなければな」革《かわ》コートのポケットに手を入れ、一枚《まい》のカードをとりだした。それは、ボブとウィリアムの写真が表を飾《かざ》る、トランドル家恒例《こうれい》のクリスマスカードだった。

ウィリアムは息をのんだ。

毎年、遠い親戚《しんせき》に送っている大量のクリスマスカード。魔女《まじょ》そっくりのジョーンおばあちゃん、またいとこのサム、そして、H・トランドルおじさん。

H・トランドル……ハクスリー・トランドル！

ウィリアムはようやく、すべて真実だとさとった。ハンターは、まちがいなく、おじさんだ。

「そうか、父さんだったんだ……。サンタ、北極に来た弟というのは、父さんなんだね？」

サンタがうなずく。これで、すべてがはっきりした。

「だから父さんは、クリスマスがあんなに好きなんだ。だから、あんなにクリスマスにくわしいんだ」

「だからこそ、きみの父さんはあれ以来、一生をかけて、良い人間になろうとしてきたのだよ」と、サンタ。

その一言で、ウィリアムはボブが北極から追放されたことを思いだした。

「兄《にい》さん、もう終わりにしよう。ライフルをおろしてくれ」ボブはライフルの銃口《じゅうこう》の先に立ったまま、きっぱりといった。

「弟だから引き金を引くわけがないなどと思うなら、ショックを受けるぞ」ハンターが邪悪《じゃあく》な本音をあらわにした。

「兄《にい》さん、いがみあうことはない。家族じゃないか」

「家族だと？　ハッ！」ハンターは吐《は》きすてるようにいった。「おまえのいう家族がなにか、知ってるぞ。おまえの本心もわかっている。けちくさいクリスマスカードや大量の手紙を長年送りつけてくる、本当の狙《ねら》いもな。金だ、金。我《わ》が輩《はい》の金だ！　はるか昔におまえと縁《えん》を切っておいて、大正解《だいせいかい》だ」

「兄《にい》さん、それは誤解《ごかい》だよ。財産《ざいさん》なんて狙《ねら》ってない。狙《ねら》ったこともない。そんなもの、かえって迷惑《めいわく》だ。兄《にい》さんは、金のせいで、心が腐《くさ》ったじゃないか。その腐《くさ》った心を、ぼくの思いやりで、とりもどしてあげたいんだ」ボブは、握手《あくしゅ》しようとハクスリーに手をさしだした。「金がつまった財布《さいふ》より、誠意《せいい》に満ちた心のほうが、はるかに価値《かち》があるよ、兄《にい》さん」

ハンターは動きをとめ、片目《かため》でライフルの照準器《しょうじゅんき》をのぞいたまま、もう片方《かたほう》の目でボブの手をちらっと見た。

「きっかり三秒、数える間に、そこをどけ。さもないと、吹《ふ》っ飛《と》ばすぞ」片目《かため》をつぶり、ボブに狙《ねら》いをさだめ、冷たい声でいいはなつ。

はったりじゃない――。ウィリアムはさけんだ。「父さん！」

「一……」ハンターの黒光りする目が、標的をしかととらえる。ボブは身じろぎもしない。

「二……お遊びじゃないぞ、ボブ」ハンターが警告《けいこく》した。ボブはあいかわらず、クリスマスサウルスをかばって、立ちはだかっている。

「三」

バーン！　銃弾《じゅうだん》が通りをかけぬけ、すさまじい銃声《じゅうせい》が響《ひび》きわたった。撃《う》たれた衝撃《しょうげき》でボブが吹《ふ》っ飛《と》び、通りにたおれこんだ。

「父さーん！」ウィリアムが涙《なみだ》をどっとあふれさせて、絶叫《ぜっきょう》する。

ハンターがウィリアムのほうをふりむき、硝煙《しょうえん》がたちのぼる銃口《じゅうこう》で狙《ねら》いをつけて、小声でいった。

「今夜、親父《おやじ》だけでなく、サンタともおさらばしたいのか？　それがいやなら、だまってろ」

ウィリアムは、雪道で微動《びどう》だにしないボブを見つめたまま、声をおしころして泣きつづけた。

「グロウラー、行くぞ」

ハンターが恐竜《きょうりゅう》の影《かげ》のほうへ向きなおり、じわじわと近づいていく。

ハンターと忠犬《ちゅうけん》が数メートル離《はな》れ、獲物《えもの》に集中するのを待って、ウィリアムは足音を忍《しの》ばせながら、ボブのもとへかけよった。すぐあとにサンタもつづく。

ボブにたどりついた瞬間《しゅんかん》、目から涙《なみだ》があふれてなにも見えなくなり、ウィリアムはひたすらむせび泣いた。

そのとき――「ウィリー坊《ぼう》やか？　そうなのか？」小さな震《ふる》える声がした。

「ええっ、父さん！　生きてるの？」ウィリアムはあわてて涙《なみだ》をぬぐった。

ボブはわけがわからないという顔で、起きあがった。

「ああ……そのようだ」おどろきをかくせないでいる。

「な、なんと！」サンタがボブのセーターの穴《あな》を指さし、おさえた声でいった。弾丸《だんがん》の穴《あな》からは、まだ硝煙《しょうえん》がただよっている。

ボブは笑みを浮《う》かべ、胸《むね》のあたりに手をあてると、セーターの首から手を入れて、首につるした茶色の革《かわ》ひもを引っぱった。くたびれた細いひもの先端《せんたん》になにかつけてあることに、ウィリアムは気がついた。

セーターの首から枝角《えだづの》のかけらが飛びだしたとたん、ウィリアムはおどろいて、息をのんだ。

「あっ、トナカイの枝角《えだづの》だ！」

「あれからずっと、首にかけているんですよ」ボブがサンタを見あげていう。

それは、だいぶ昔のクリスマスに、兄のハクスリーが空飛ぶトナカイから切りとった、小さな枝角《えだづの》だった。

ボブがぶらさげた枝角《えだづの》を、サンタとウィリアムは顔を近づけてしげしげとながめ、声をそろえていった。「弾丸《だんがん》だ！」

なんと、枝角《えだづの》に弾丸《だんがん》がめりこんでいた！

「おかげで助かった」と、ボブ。

「いますぐ助けねばならん命が、もうひとつある」サンタが通りの向こうをながめながら、心底不安そうな声でいう。

ウィリアムとボブは、雪のつもった近所の車の陰《かげ》にかくれて、のぞいてみた。

ハンターは弾丸《だんがん》を一発、狙撃《そげき》ライフルにそっとこめると、パイプから濃《こ》い煙《けむり》をぷっと吐《は》いた。

心臓《しんぞう》がとまりかねないおそろしい音が、また響《ひび》く。

バーン！

それだけで事足りた。一発の銃弾《じゅうだん》が、耳をつんざく轟音《ごうおん》とともに、恐竜《きょうりゅう》のシルエットへと、猛《もう》スピードで飛んでいく。

「やめろーっ！」ウィリアムは絶叫《ぜっきょう》した。

だが、おそかった。ハンターの弾丸《だんがん》は標的に命中した。

陽光がさしているが、恐竜《きょうりゅう》のシルエットはもはやない。さっきまで恐竜《きょうりゅう》がいた場所には、暗いかたまりがぴくりともせずに横たわっている。

「ヒャッホー！　キャッホー！　イエーイ！　ついにやったぞ。手に入れた。おい、バカ犬、ちゃんと見たか？　しとめたぞ！　この我《わ》が輩《はい》がしとめたぞ！　ヒヒッ、ハハッ！」

ハンターは空に向かって手をふりまわし、通りの真ん中で大はしゃぎし、下品に踊《おど》って喜びながら、かんだかい声をはりあげた。

ハンターが見苦しい踊《おど》りで醜態《しゅうたい》をさらしている間に、ふわふわとした軽い雪がふりはじめた。

ウィリアムは泣いていた。サンタも、ボブも泣いている。もはや、ゲームオーバーだ。ハンターが勝利し、クリスマスサウルスの命はうばわれてしまった――。

第32章　フェザー

「グロウラー、待て。デブと小僧《こぞう》を見張《みは》ってろ。やつらを逃《に》がすな。すぐにやつらもかたづける。まずは、戦利品の回収《かいしゅう》だ」と、ハンター。

グロウラーはすぐさま、車のかげで涙《なみだ》にくれる三人のほうへ、むさくるしい顔を向けた。

ハンターは満足げにパイプをくゆらし、通りをいばって歩きながら、口笛を吹《ふ》いた。

「フン、バカな恐竜《きょうりゅう》め。仲間を救いに戻《もど》ってきたのか？　ハッ！　飛んで火にいる夏の虫とは、まさにこのことよ」

雪をいまいましげにはらいつつ、ぴくりともせずに横たわる、恐竜《きょうりゅう》の形の暗いかたまりに向かって高笑いする。

そのとき、やわらかくてふわふわしたものが口に貼《は》りついた。ペッと吐《は》きだしたが、ふわふ

わした奇妙《きみょう》なものが顔をなでて、目に入る。

「ん？　な、なんだ？」

次の瞬間《しゅんかん》、ハンターはさらに奇妙《きみょう》なことに気づいた。空から降《ふ》ってくるのは雪ではなく、**フェザー**だったのだ。

「ん？　フェザー？」

ハンターはフェザーを顔からはらいのけた。いまやフェザーは、吹雪《ふぶき》のごとく大量に舞《ま》っていた。恐竜《きょうりゅう》に近づくほど、フェザーの吹雪《ふぶき》がはげしくなる。

「なんだ？　なにかのいたずらか？」

フェザーの吹雪《ふぶき》が落ちついた瞬間《しゅんかん》、ハンターはさっき狙撃《そげき》したものの正体を見た。

「ま、まさか、そんな……」信じられない思いで、つぶやく。

恐竜《きょうりゅう》がいるはずだったその場所には、ウィリアムのために作られた、恐竜《きょうりゅう》のぬいぐるみが転がっていた。

クリスマスサウルスよりはやや小さいが、ほぼ完ぺきなコピーなので、遠くから見るぶんには見分けがつかない。ウルトラ高性能《こうせいのう》の照準器《しょうじゅんき》を使っても、判別《はんべつ》するのは無理だ。

ハンターはぬいぐるみの頭にライフルを向けて、つかつかと歩みよった。

「うそだ……」雪の中から自分を見あげるふたつの金色のボタンを見て、声をしぼりだす。ぬいぐるみの脇腹《わきばら》には、銃弾《じゅうだん》の大きな穴《あな》がひとつ、あいていた。そこから中身のフェザーがもれだして、そよかぜに流されていく。

「で、でも……本物もいるぞ……ここに、いるはずだ」もはや泣き言になっていた。「この耳で、鳴き声を聞いたんだ。まだ近くに、きっといる！」

そう、そのとおりだった。

ハンターがぬいぐるみに向かってヒステリックにわめき、不運を呪《のろ》っている間に、背後《はいご》にながせまっていた。

通りの反対側で泣きぬれていたウィリアムたちも、気づいて、あわてて涙《なみだ》をぬぐった。

三人が目にしたのは、夢《ゆめ》のような奇跡《きせき》だった。しかも、おそろしい迫力《はくりょく》がある。

ハンターの背後《はいご》には、クリスマスサウルスがいた。しかし、いつもの見なれた姿《すがた》とはちがう。

いまは、恐竜《きょうりゅう》本来の姿《すがた》に近い。

仲間を守ろうとするその姿《すがた》は、獰猛《どうもう》で、**飢《う》えていた**。

ふりかえったハンターは、自分が恐竜《きょうりゅう》の長い影《かげ》の中にいることに気づいた。すぐ目と鼻の先に、怒《いか》り狂《くる》った恐竜《きょうりゅう》がいる。ハンターは、生まれて初めて、狩《か》られる側に回っていた。

「ちょ、ちょっと、待ってくれ！」せまりくる恐竜《きょうりゅう》を前に、ハンターは後ずさりした。「首を壁《かべ》に飾《かざ》るなんて……ほ、本気じゃない。誤解《ごかい》だ……ちょっとした……ゆきちがいで……」

クリスマスサウルスに向かってしゃべりながら、背後《はいご》でせっせと手を動かしている。

カチッ！

ライフルに弾丸《だんがん》をこめる音がした。これで、いつでも撃《う》てる。

ハンターは一瞬《いっしゅん》のうちにライフルを前に持ってきて、敵《てき》の頭に銃口《じゅうこう》を向けた。目にもとまらぬ早業《はやわざ》で、敵《てき》が反応《はんのう》する前に、血走った目で照準器《しょうじゅんき》をのぞき、引き金に手をかける。今度こそ、しとめてやる！

ところが引き金を引こうとした瞬間《しゅんかん》、なにかが猛《もう》スピードで宙《ちゅう》を飛んできた。

それは小さくて、かたい、完ぺきな雪玉だった。驚異《きょうい》のスピードで、寸分《すんぶん》の狂《くる》いもなく飛んできたので、ハンターもよけようがない。

予期せぬ雪玉の襲来《しゅうらい》に、ハンターは引き金を引く間もなく、ライフルをはじきとばされた。

顔をあげたハンターの目の前に、白く光るとがった牙《きば》が、ぐんぐん、ぐんぐん、せまってきて――。

バリバリ！　ゴックン！

こうして、ハンターは消えた。世にも不快《ふかい》で邪悪《じゃあく》な男は、クリスマスサウルスに丸ごとのまれて、影《かげ》も形もなくなった。

クリスマスサウルスが、パイプの煙《けむり》と金《かね》の臭《にお》いがする、大きなげっぷを出した。

ゲホーッ!

以来、ハンターの姿《すがた》を見た者はいない。

第33章　クリスマスのいいところ

「生きてた！　生きてたんだ！」ウィリアムは車いすを懸命《けんめい》にこいで、クリスマスサウルスの首にしがみつき、ぎゅっと抱《だ》きしめた。「ありがとう。助けてくれて。もどってきて、助けてくれたんだね」

ボブも、ウィリアムを追って走ってきた。クリスマスサウルスを見て驚愕《きょうがく》し、口をあんぐりとあけている。

「父さん、クリスマスサウルスだよ。ぼくの大親友なんだ」

「は、初めまして。メリークリスマス……」ボブは、腰《こし》がひけている。

「だいじょうぶだよ、父さん。これっぽっちも、危《あぶ》なくないから。実はね、今夜、いっしょに博物館に行ったんだよ。そのあと、はるばる北極まで、空を飛んでぼくを連れて行ってくれた

んだ。北極ではエルフたちに会って、魔法《まほう》のキャンディー棒《ぼう》を食べて、そのあと……とにかく、大冒険《だいぼうけん》だったんだ。ところで、サンタは？」

ちょうどそのとき、サンタが巨大《きょだい》なそりに乗って、空からおりてきた。

「おお、ウィリアムよ！　さきほどの雪玉は、みごとだった。形も、大きさも、投げ方も、タイミングも、申しぶんない。でかしたぞ！」サンタは、盛大《せいだい》にほめそやした。

「あれは、ぼくじゃありません」と、ウィリアム。

えっ、ちがう？　サンタもボブも、きょとんとした。

「どういうことだ？　きみでないなら、いったいだれが投げたのかね？」

雪玉を投げる瞬間《しゅんかん》は見ていないが、あれほど正確《せいかく》に投げられる人物は、ひとりしかいない。ウィリアムは車いすごとふりむいて、通りに面した暗い家を指さした。クリスマスの飾《かざ》りつけをしていないのは、その家だけだ。

「出ておいでよ、ブレンダ。だいじょうぶだから！」と、声をはりあげる。

庭の植込《うえこ》みがゆれて、カールしたブロンドの髪《かみ》がひょいとあらわれた。

「おやおや、どなたさんかな？　きのうの晩《ばん》、きみの家にプレゼントをとどけたおぼえはないのだが」サンタは、とまどっていた。

「ええ、そうだと思います」ウィリアムはいった。「この子は、ブレンダ・ペイン。えっと、その……もうひとつのリストの子なんです」小声でつけくわえた。

「おっと、それは、困《こま》ったな」と、サンタ。

「あの、いいんです」ブレンダはおずおずと近づきながら、緊張《きんちょう》した声でいった。「自業自得なので」

サンタを見あげたブレンダが、くちびるの端《はし》をあげてかすかにかわいらしくほほえむのを、ウィリアムは見た。ブレンダは、真《ま》っ赤《か》な衣装《いしょう》に身を包んだ摩訶不思議《まかふしぎ》なサンタに、すっかり目をうばわれていた。

クリスマスサウルスが雪にうもれた足を踏《ふ》みならし、サンタとウィリアムをいかめしい顔で見る。その気持ちは、サンタにもウィリアムにも伝わった。

「ブレンダよ、今夜のきみは、勇気をもって大胆《だいたん》にふるまった。心の奥底《おくそこ》は親切で、他人を思いやる力がある、なによりの証拠《しょうこ》だ。これが良い子の行いでないとしたら、なにが良い子の行いなのか、わしにはわからんよ」サンタの言葉には、心がこもっていた。

「じゃあ、あたしは……良い子なんですか？」ブレンダは、心底驚《おどろ》いた声でたずねた。

「ブレンダ・ペインよ、もはやきみの名が〈悪い子リスト〉にないことを、ここに宣言《せんげん》する」

サンタは形式ばった口ぶりで、高らかに申しわたした。

拍手《はくしゅ》と歓声《かんせい》があがり、ブレンダは力をこめてウィリアムを抱《だ》きしめた。

「さて、ウィリアム、ブレンダ、ボブよ、わしはそろそろ行かねばならん。もう、クリスマスの朝だ。通りのど真ん中に、そりをとめておくわけにはいかん。駐車違反監視員《ちゅうしゃいはんかんしいん》には、クリスマス休暇《きゅうか》などないからな。ちなみに駐車違反監視員《ちゅうしゃいはんかんしいん》はひとりのこらず、〈悪い子リスト〉に入れてあるわい」と、サンタはいった。

「ねえ、どうしてもどってきたの？」ウィリアムは、クリスマスサウルスにたずねた。「なぜ、ぼくたちが危《あぶ》ないってわかったの？」

クリスマスサウルスが首を横にふる。

「ウィリアムよ、クリスマスサウルスがもどってきたのは、そのせいではなかろう」と、サンタ。

クリスマスサウルスが脇《わき》にどいて、雪道に転がったぼろぼろのぬいぐるみをあらわにする。

「ウィリアムよ、きみは北極に、プレゼントのぬいぐるみをわすれてきた。それをとどけようとしただけではないのかな」

クリスマスサウルスがうれしそうに舌《した》をひらひらさせて、うんうん、とうなずく。

「それにしても、よくがんばってくれたね。きみがいなかったら、ぼくたち全員、ハンターの暖炉《だんろ》の上に頭を飾《かざ》られちゃったかも」

ウィリアムがいい、全員、想像《そうぞう》してふきだした。

そのとき、モコモコのとなりで、紅白《こうはく》のきれいなものが朝日を反射《はんしゃ》していることに、ウィリアムは気がついた。

「あっ、ぼくのキャンディー棒《ぼう》だ！」

ところがひろいあげると、印象がちがっていた。なにかが変わっている。

ウィリアムは手の中で転がすうちに、自分の名前の代わりに、別の名前が書いてあることに気づいた――〈ボブ・トランドル〉。

ウィリアムは、興奮《こうふん》して目をかがやかせた。

「ひょっとして、これって……？」期待をこめて顔をあげると、サンタがほほえみかけてきた。

「父さんは、もう……？」

「追放撤回《てっかい》だ！」サンタが、明るい笑い声とともにいう。

ウィリアムは、北極を守る魔法《まほう》のキャンディー棒《ぼう》のかけらを、ボブの震《ふる》える手ににぎらせた。

「お……お礼の言葉も……ありません」ボブは感激《かんげき》し、目に涙《なみだ》をためながら、むせるようにしていった。

「ぜひ、遊びに来ておくれ」と、サンタ。

そのとき背後《はいご》で、**ワン!**　と大きな声がした。ふりかえると、ハンターの忠犬《ちゅうけん》だったグロウラーが、雪道にぽつんと、途方《とほう》にくれてすわっていた。

「ふうむ……この犬にほめるべき点など、あろうか?」と、サンタ。

グロウラーは、目つきがどことなく変わっていた。ハンターがいなくなったせいか、前よりも明るく、やさしい感じがする。

「ふうむ……どうだろう、ブレンダよ、今夜きみが見せた愛情《あいじょう》とやさしさを、この犬にもあたえてやれんかね?」

サンタがそういったとたん、グロウラーはブレンダにかけよって飛びつき、ブレンダの顔をうれしそうにべろべろとなめた。

「ええっ、いいんですか?　あたしがもらっても?」ブレンダは、喜びをかくしきれないようだ。

「きみにもプレゼントをと思ってな。せっかく〈良い子リスト〉入りを果たしたわけだし。良き飼《か》い主《ぬし》になると約束するのであれば、だが」

「もちろんです。かわいがります！」ブレンダはグロウラーを抱《だ》きしめた。

生まれてはじめてハグされて、グロウラーの中の腐《くさ》った心は、いっぺんに溶《と》けてなくなった。

ウィリアムは、クリスマスサウルスのほうへ車いすを向けた。クリスマスサウルスが一声、うれしそうに吠《ほ》える。

そろそろ、二度目のさよならの時間だ。

「いつでも遊びに来ていいからね。ただし、サンタにちゃんとことわってから来るんだよ。いい？」ウィリアムの言葉に、クリスマスサウルスがうなずく。

ウィリアムとクリスマスサウルスは抱《だ》きあった。それは、親友ならではのハグだった。今度いつ会えるか、わからなかったが、クリスマスだけの友ではなく、生涯《しょうがい》の友となったことは、どちらもわかっていた。

「おーい、クリスマスサウルス！　そりの前に、おまえの席があるぞ」サンタが声をはりあげて、トナカイ集団《しゅうだん》の先頭の空席を指さす。

クリスマスサウルスはそりを見た。つづいて、美しい淡《あわ》い青色の目でサンタを見る。

「ああ、聞きまちがいではないぞ。この三十年、そりの引手が一頭、足りなかったのだ。さあ、どうする？　そりを引きたいか？　うん？」サンタの言葉に、クリスマスサウルスは興奮《こうふん》して跳《は》ねまわった。「よし、決まりだ。前に来い！」

クリスマスサウルスはジャンプして、トナカイ集団《しゅうだん》の先頭に誇《ほこ》らしげにならんだ。その肩《かた》に、サンタがベルのついた巨大《きょだい》な引き具をかけた。

クリスマスサウルスの頭の先から、結晶模様《けっしょうもよう》の背中《せなか》を通って、しっぽの先まで、あたたかい魔法《まほう》がじんじんと流れる。

クリスマスサウルスの晴れ姿《すがた》をみせようと、サンタが一歩下がった。

ウィリアムたちは、クリスマスサウルスに賞賛《しょうさん》の目を向けた。クリスマスサウルスはトナカイではない。まわりとちがうのは、いまも変わらない。それでも、まわりと同じくらい――もしかしたら、まわりよりも――華麗《かれい》だった。

「よし、家に帰ろう」サンタはそりに飛びのり、最後にもう一回、蓄音機《ちくおんき》のハンドルをまわした。

ウィリアムとボブ、ブレンダとグロウラーが見まもるなか、そりが音楽にあわせてふっと宙《ちゅう》に浮《う》かぶ。

そのとき、不安そうな声がした。「ブレンダ！」

水玉模様《もよう》のパジャマと花模様《もよう》のガウンをはおったブレンダのママが、小走りに近づいてきた。

心配のあまり狼狽《ろうばい》していて、美人顔がだいなしだ。「物音と、銃声《じゅうせい》と、けものの声がして、部屋《へ や》に見に行ったらどこにもいなくて……ああ……もう……」娘《むすめ》のブレンダのことが心配で、頭上に浮《う》かんだ巨大《きょだい》なそりが目に入らない。

それでも、ようやくそりに気づくと、今度はすっかり魅了《みりょう》されて、うっとりと息をのんだ。

「まあ……」

その目できらめく涙《なみだ》を見て、ウィリアムは思った。もしかしたら、凍《こお》りついていた心が溶《と》けたのかも――。

サンタの大きな歌声にあわせ、八頭のトナカイと一頭の恐竜《きょうりゅう》が引くそりが、雪道の上を走っていく。サンタは、地上で見守る全員に声をかけた。「メリークリスマス！」

上空からサンタがちらっと下を見た。その顔に北極で見た賢《かしこ》そうな笑みがうかんでいるように、ウィリアムには思えた。

ふいにサンタが手綱《たづな》を引き、クリスマスサウルスが右に急旋回《せんかい》して、ウィリアムたちの真上にそりを走らせた。

そりを目で追うには、車いすを回転させるしかない。ところが回転させていると、車輪がなにかを轢《ひ》いて、**ミシミシ**といういやな音を立てた。

「痛《いた》いっ！　足！」

ブレンダのママが悲鳴をあげて飛びのき、凍《こお》った通りに足をすべらせた。が、雪道にたおれる寸前《すんぜん》、とっさにボブが両腕《りょううで》をつかんだ。

ウィリアムはあやまりかけて、ふと口をつぐんだ。なんとなく、声をあげないほうがいい気がしたのだ。そして、ボブがブレンダのママに手をかして立たせるのを、だまって見まもった。

「あの……ありがとうございます」ブレンダのママは、少し恥《は》ずかしそうだった。

「どういたしまして」と、ボブ。

妙《みょう》な間があく。ボブがブレンダのママの手を放そうとしないことに、ウィリアムは気づいた。

「あの、ボブといいます。ボブ・トランドルです。はじめまして、ですよね」

「パメラです」ブレンダのママも名乗った。

「メリークリスマス、パメラ」ボブが、シルクハットを軽く持ちあげて挨拶《あいさつ》するような、例の古風な仕草をしてみせる。

ウィリアムは、あきれて天をあおいだ。

けれどブレンダのママは、今回は無視《むし》して通りを渡《わた》ったりしなかった。「メリークリスマス、ボブ」といって、赤くなる。

雪のように空から降《ふ》ってくる、サンタの音楽の魔法《まほう》のせい？　それとも、クリスマスでボブが陽気なせい？　とにかく、ウィリアムは奇跡《きせき》を目《ま》の当たりにした。

なんと、ボブが「ダンスしませんか？」と、ブレンダのママに腕《うで》をさしだしたのだ！

「えっ、あの……わたし……ダンスなんて……」ブレンダのママは、緊張《きんちょう》してしどろもどろになった。

「わたしもですよ」ボブが軽く笑い、ふたりとも声をあげて笑った。

ブレンダのママがボブの腕《うで》をとる。

こうしてウィリアムは、クリスマスの晩《ばん》にまたしても、冬の戸外で楽しそうに女性《じょせい》とダンスするボブを見ることとなった。

「今年《ことし》は、最高のクリスマスになりそうだわ」ブレンダが、ペットのグロウラーといっしょに、ウィリアムのとなりに立った。「このまま、ずーっと、終わらなければいいのにな」

「それが、クリスマスのいいところなんだよ」ボブがブレンダのママを雪道でクルッと回転させるのをながめながら、ウィリアムはいった。「クリスマスが遠ざかるたびに、次のクリスマスが近づいてくるんだから」

〈完〉

献辞

まず、シェーン・デブリーズにありがとうといいたい。きみの夢のようなイラストは、ぼくのストーリーに想像を超えるすばらしい命を吹きこんでくれた。

マイケル・グレーシーも、ありがとう。きみの見事な先見の明がなければ、シェーンと出会うことはなかったし、この世で一番すてきな恐竜を生みだすこともなかった。われらがクリスマスサウルスに次に何が起こるか、楽しみでたまらない。

そして、エージェントのステファニー・スウェーツ。ぼくとダギーが〈おならをする恐竜〉の話を書きたいといったとき、真剣に受けとめてくれたのはきみが初めてだった。初めての打ち合わせ以来、きみとはめちゃくちゃ楽しい仕事をさせてもらっている。いつも支えてくれて、本当にありがとう！

〈おならをする恐竜〉をいっしょに作ってくれたダギーへ。きみは疲労困憊していて、この本はいっしょに作れなかったけれど、ありがとう。それと、ダニーとハリーへ。きみたちが怪我して、ツアーが延期になったおかげで、この本にもっと時間をかけることができた。ありがとう。

編集者のナタリー・ドハティーには、感謝してもしきれない。編集作業は本当に楽しくて、たくさん学ばせてもらった。作品をもっと良くするためにがんばれと、尻をたたきつづけてくれて、ありがとう。

約五年間、ぼくをやさしく懸命に支えてくれた、ペンギンランダムハウス社のエルフチームにも、お礼をいいたい。クリスマスの精神にのっとって、〈良い子リスト〉のエルフチームを全員紹介しよう（念のため、リストは二度チェックした）――アマンダ・パンター、フランチェスカ・ドウ、ジェシカ・ジャクソン、ロザモンド・ハッチンソン、アンドレア・ボウイ、アリス・ブロデリック、バネッサ・イェルゼイ、ハンナ・ボーン、アンナ・ビルソン、エミリー・スミス、マンディ・ノーマン、サマンサ・スチュアート、ゾフィア・クノップ、カミラ・ボースウィック、メーブ・バナム、スーザン・エバンズ、エマ・ジョーンズ、セリ・クーパー、サラ・ロスコー、カースティ・ブラッドベリ、ティネケ・モレマンズ、キャット・ベイカー、ベッキー・ウェルズ、クリス・ワイアット、そしてクレア・シモンズ。みんな、ぼくに本を書かせてくれて、ありがとう。執筆作業は大好きなので、これからもずっと、どうか、本をたくさん書かせてください！

フレッチ、きみには本当に世話になった。きみがぼくを信じてくれ、このストーリーに情熱を注ぎつづけてくれたおかげで、なんとかがんばって、出版にまでこぎつけることができた。おそらく不可能な夢や、まずありえない野望について、でたらめなおしゃべりにつきあってくれて、ありがとう。きみとのおしゃべりは、いつもひらめきの源だ。おかげで、不可能でありえない夢が本当に起こるストーリーができあがった。

そして、最大の感謝を妻のジョバンナにささげたい。ただ「小説を書きたい！」というだけでなく、重い腰を上げ、実際に執筆にとりかかることができたのは、ひとえにきみのおかげだ！　クリスマスに強くこだわるぼくと離婚することなく、そのこだわりを支えてくれ、ぼくのやり方にできるかぎり我慢してくれ、人生最大のインスピレーションとなるふたりの息子、バズとバディを授けてくれて、本当にありがとう。バズとバディ、この本はきみたちのために書いたんだよ。

最後に、ウィズキッズに心から感謝したい。車いすの少年の話を書こうと決めたとき、自分がどんな責任を負うことになるのか、ぼくはぜんぜんわかっていなかった。ウィズキッズの助けやアドバイス、エピソードやふだんの活動を聞くことで、想像を大きくかきたてられた。きみたちの支援がなければ、この本を書けなかっただろう。ぼくが書いたこの本が、車いすに乗っている人たちを誇らしい気分にし、きみたちがぼくの目を覚ましてくれたように、車いすを使っていない人たちの目を覚ますきっかけになってくれれば、本当にうれしい。

ウィズキッズについて ――前向きに生きるために――

ウィズキッズ誕生《たんじょう》のきっかけは、バイクショップのある店員

1989年、バイクショップで働いていたマイク・ディクソンは、車いすに乗ったひとりの少女が棚《たな》の上にある自転車用ライトを見ているのに気づき、とりましょうかと声をかけました。すると少女は「だいじょうぶです。自分でとれます」とていねいにことわって、電動車いすのボタンをおし、無事に棚《たな》からライトをとりました。

この瞬間《しゅんかん》、マイクは、電動車いすが子どもの生活を大きく変えることを実感しました。その少女にとって、高い棚《たな》から物をとるというちょっとした行動は、とても大きな意味を持っていました。その意味とは、自分でできるという自立心です。

そこでマイクは、車いすを必要としている子どものために、電動車いす１台分の寄付《きふ》を集めようと、ロンドンマラソンに参加しました。その結果《けっか》、ゴールするころには、ある脳性《のうせい》まひの少女のために、９千ポンドの寄付《きふ》を集めることに成功しました。

１年後、マイクはウィズキッズを立ちあげました。

以来ウィズキッズは、障害《しょうがい》を持つ子どもが快適《かいてき》にすごせるよう、日々の暮《く》らしの支えとなる電動車いすを用意することで、２万人以上の障害児《しょうがいじ》の生活を変えてきました。

現在では活動の幅《はば》を広げ、車いす技能訓練《ぎのうくんれん》コースやキャンプ活動、就業《しゅうぎょう》体験活動《たいけんかつどう》を通して、障害《しょうがい》を持つ子どもが友だちを作り、日々を楽しみ、生活力を身につけ、最終的に自分の能力《のうりょく》を発揮《はっき》できるよう、いろいろ手助けをしています。

活動は、まだ道半ば。自由と自立心と希望《きぼう》を得られる電動車いすを待っている子どもは、いまもおおぜいいます。それでもこれまでの成果《せいか》をとても誇《ほこ》りに思っていますし、ウィズキッズの活動をずっと助けてくれた支援者には――トム・フレッチャーもそのひとりです――心から感謝《かんしゃ》しています。

すべての障害児《しょうがいじ》が、ほかの子どもと同じように、友だちを作って楽しく遊び、希望《きぼう》に満《み》ちた日々を送り、自立した未来を手に入れる――。その目的を果《は》たすため、ウィズキッズは支援者《しえんしゃ》とともに、これからも活動をつづけていきます。

www.whizz-kidz.org.uk

著者
トム・フレッチャー (TOM FLETCHER)
数年間、イギリスのロックバンド『マクフライ』のメンバーとして曲を提供したあと、作家に転向。全世界で百万部以上売れたベストセラー、Dinosaur That Pooped シリーズの共著者でもある。最新作の絵本はThere's a Monster in Your Book！（2017年刊）。本書『クリスマスサウルス』は、トムのクリスマスへの愛と恐竜への愛をひとつにした作品で、児童書のデビュー作にあたる。

訳者
橋本恵（はしもと・めぐみ）
翻訳家。東京大学教養学部卒。訳書に「ダレン・シャン」シリーズ、「デモナータ」シリーズ、「クレプスリー伝説」（以上、小学館）、「アルケミスト」シリーズ、「スパイガール」シリーズ（以上、理論社）、「地底都市コロニア」シリーズ（学研プラス）、「12分の１の冒険」シリーズ、「カーシア国」三部作（以上、ほるぷ出版）、「Everything,Everything わたしと世界のあいだに」（静山社）などがある。

クリスマスサウルス

著者　トム・フレッチャー
訳者　橋本恵

2017年11月21日　第１刷発行

発行者　松岡佑子
発行所　株式会社静山社
〒102－0073　東京都千代田区九段北1－15－15
電話・営業　03－5210－7221
http://www.sayzansha.com

カバーデザイン　坂川栄治＋鳴田小夜子（坂川事務所）
本文デザイン・組版　アジュール
印刷・製本　中央精版印刷株式会社

Published by Say-zan-sha Publications, Ltd.
ISBN978-4-86389-397-9　Printed in Japan